Tacet Books

Monteiro Lobato

7 Melhores Contos

Editado por
August Nemo

COPYRIGHT© TACET BOOKS, 2024

Todos os direitos reservados.

EDITOR August Nemo

PROJETO GRÁFICO Mayra Falcini

MARKETING Horacio Corral

Dados Internacionais de Catalogação na Publicação (CIP)

Lobato, Monteiro.
L796   7 Melhores Contos - Monteiro Lobato – São Paulo, SP: Tacet Books, 2024.
112 p. : 14 x 21 cm

ISBN 978-65-89575-69-6

1. Literatura brasileira. 2. Contos.

CDD 869

TACET BOOKS

Feito em silêncio

Para mentes barulhentas

www.tacetbooks.com

tacet.books@gmail.com

Sumário

O Autor	5
Negrinha	11
O Colocador de Pronomes	23
O Drama da Geada	45
O Jardineiro Timóteo	57
O Casamento da Emília	71
As Fitas da Vida	79
Um homem honesto	87
A deliciosa perversidade de Monteiro Lobato	105
Autobiografia	109
Conheça a Tacet Books	111

O Autor

José Bento Renato Monteiro Lobato (Taubaté, São Paulo, 1882 - São Paulo, São Paulo, 1948). Contista, editor, romancista, jornalista e crítico literário. Filho do fazendeiro José Bento Marcondes Lobato e Olímpia Monteiro Lobato, filha do visconde de Tremembé. Em 1889, frequenta colégios em Taubaté e escreve os primeiros contos para jornais escolares. Aos 11 anos muda seu nome para José Bento por causa das iniciais gravadas na bengala do pai, J.B.M.L.. Em 1896, é aprovado nos exames para o Instituto Ciências e Letras e muda-se sozinho para São Paulo, passando três anos como interno. No instituto, participa das sessões do Grêmio Literário Álvares de Azevedo.

Em 1900, pressionado pelo avô, ingressa na Faculdade de Direito de São Francisco. Ali, funda com colegas a Arcádia Acadêmica, da qual torna-se presidente em 1902. Colabora com artigos sobre teatro no jornal Onze de Agosto, também publicado por estudantes da faculdade. Formado em 1904, retorna a Taubaté onde trabalha na promotoria pública. No mesmo ano, vence um concurso literário com o conto Gens Ennuyex.

Em 1911, com a morte do avô, Monteiro Lobato herda a fazenda Buquira e dedica-se à modernização da lavoura e da criação. No entanto, insatisfeito com a vida na fazenda, planeja em 1913 explorar comercialmente o Viaduto do Chá em parceria com o poeta Ricardo Gonçalves (1893-1916), amigo dos tempos da faculdade. No ano seguinte passa a escrever artigos para o jornal O Estado de S. Paulo e, em 1916, colabora com a recém-fundada Revista do Brasil. Transfere-se com a família para São Paulo em 1917 e escreve um artigo desfavorável sobre a exposição da pintora Anita Malfatti. Em 1918, compra a Revista do Brasil e publica seu primeiro livro, Urupês. Um dos contos do livro, Os Faroleiros, serve de argumento para o filme homônimo dos cineastas Antônio Leite e Miguel Milani, em 1920.

Funda a editora Monteiro Lobato & Cia. e lança o primeiro livro infantil, A Menina do Narizinho Arrebitado, em 1920. Em 1925, sua editora vai à falência, mas, em sociedade com o editor Octalles Marcondes, cria a Companhia Editora Nacional. Candidata-se a uma vaga na Academia Brasileira de Letras em 1926, mas não é eleito.

Em 1927, torna-se adido comercial nos Estados Unidos e transfere-se para Nova York. Com a quebra da bolsa de 1929 é obrigado a vender sua participação na Companhia Editora Nacional. Retorna ao país em

1931 e funda a Companhia de Petróleo do Brasil, dedicando-se durante essa década à campanha pelo petróleo. Em 1940, recusa o convite do presidente Getúlio Vargas para dirigir o Ministério de Propaganda e, no ano seguinte, é preso durante três meses por suas críticas ao governo. Desmotivado, recusa a indicação para a ABL em 1944 e, no ano seguinte, o convite para ingressar no Partido Comunista Brasileiro.

Em 1946, a convite de Caio Prado Júnior, torna-se sócio da editora Brasiliense. Como capital para sociedade, Lobato leva o direito de publicação de sua obra completa, que tem seus 30 títulos lançados pela editora. No mesmo ano muda-se para a Argentina para tratar-se de um cisto no pulmão. Regressa a São Paulo em 1947.

Em abril de 1948 sofreu um primeiro espasmo vascular que afetou a sua motricidade. Mesmo assim, afiliou-se à revista Fundamentos e publicou os folhetos De Quem É o Petróleo na Bahia e Georgismo e Comunismo. Dois dias após conceder a Murilo Antunes Alves, da Rádio Record, a sua última entrevista, na qual defendeu a Campanha de O Petróleo é Nosso, Monteiro Lobato sofreu um segundo espasmo cerebral e morreu às 4 horas da madrugada, ao lado de sua esposa e filha, no dia 4 de julho de 1948, aos 66 anos de idade.

Sob forte comoção nacional, seu corpo foi velado na Biblioteca Municipal de São Paulo e o sepultamento realizado no Cemitério da Consolação.

O debate sobre racismo na obra de Monteiro Lobato

Os debates em torno do racismo nas obras de Monteiro Lobato têm ganhado destaque desde 2010, especialmente relacionados ao livro "Caçadas de Pedrinho", no qual a personagem Tia Nastácia é retratada com termos considerados racistas. Este embate chegou ao Supremo Tribunal Federal por meio de um mandado de segurança impetrado pelo Instituto de Advocacia Racial, buscando remover a obra da lista de leituras obrigatórias nas escolas. Enquanto alguns defendem a exclusão da obra por seu suposto conteúdo racista, outros argumentam que tal medida configuraria censura e cerceamento à liberdade de expressão.

As análises sobre as obras de Lobato oscilam entre acusações de racismo e defesas que apontam nuances e ambiguidades em sua abordagem. Em "Negrinha", por exemplo, Lobato denuncia os abusos sofridos por uma menina negra, enquanto em outras passagens são evidentes os estereótipos e maus tratos atribuídos à personagem. Essa dualidade é destacada por críticos que veem tanto a denúncia das crueldades do sistema escravista quanto a perpetuação de preconceitos raciais em sua escrita.

Os defensores de Monteiro Lobato apontam evidências de sua não racistas, citando correspondências onde expressa simpatia pelos negros e pela população humilde, elogios ao escritor Lima Barreto e reflexões sobre a imbecilização da elite em contraste com a sabedoria do povo. Alega-se também que Lobato estaria refletindo o espírito da época e que suas opiniões pessoais não necessariamente refletiam um viés racista.

Nós, da Tacet Books, reconhecemos que a obra de Monteiro Lobato, assim como qualquer obra de arte, deve ser apreciada com discernimento, considerando seu contexto histórico e cultural e reconhecendo o potencial influenciador de uma obra literária. Ressaltamos que não acreditamos em esconder, censurar ou modificar obras, mas sim em promover um diálogo aberto e crítico sobre seus conteúdos e contextos. Acreditamos que a reflexão e o debate são fundamentais para uma compreensão mais ampla e contextualizada das obras e de seus impactos na sociedade.

Negrinha

Negrinha era uma pobre órfã de sete anos. Preta? Não; fusca, mulatinha escura, de cabelos ruços e olhos assustados.

Nascera na senzala, de mãe escrava, e seus primeiros anos vivera-os pelos cantos escuros da cozinha, sobre velha esteira e trapos imundos. Sempre escondida, que a patroa não gostava de crianças. Excelente senhora, a patroa. Gorda, rica, dona do mundo, amimada dos padres, com lugar certo na igreja e camarote de luxo reservado no céu. Entaladas as banhas no trono (uma cadeira de balanço na sala de jantar), ali bordava, recebia as amigas e o vigário, dando audiências, discutindo o tempo. Uma virtuosa senhora em suma - "dama de grandes virtudes apostólicas, esteio da religião e da moral", dizia o reverendo.

Ótima, a dona Inácia.

Mas não admitia choro de criança. Ai! Punha-lhe os nervos em carne viva. Viúva sem filhos, não a calejara o choro da carne de sua carne, e por isso não suportava o choro da carne alheia. Assim, mal vagia, longe, na cozinha, a triste criança, gritava logo nervosa:

— Quem é a peste que está chorando aí?

Quem havia de ser? A pia de lavar pratos? O pilão? O forno? A mãe da criminosa abafava a boquinha da filha e afastava-se com ela para os fundos do quintal, torcendo-lhe em caminho beliscões de desespero.

— Cale a boca, diabo!

No entanto, aquele choro nunca vinha sem razão. Fome quase sempre, ou frio, desses que entanguem pés e mãos e fazem-nos doer...

Assim cresceu Negrinha - magra, atrofiada, com os olhos eternamente assustados. órfã aos quatro anos, por ali ficou feito gato sem dono, levada a pontapés. Não compreendia a idéia dos grandes. Batiam-lhe sempre, por ação ou omissão. A mesma coisa, o mesmo ato, a mesma palavra provocava ora risadas, ora castigos. Aprendeu a andar, mas quase não andava. Com pretextos de que às soltas reinaria no quintal, estragando as plantas, a boa senhora punha-a na sala, ao pé de si, num desvão da porta.

— Sentadinha aí, e bico, hein?

Negrinha imobilizava-se no canto, horas e horas.

— Braços cruzados, já, diabo!

Cruzava os bracinhos a tremer, sempre com o susto nos olhos. E o tempo corria. E o relógio batia uma, duas, três, quatro, cinco horas - um cuco tão engraçadinho! Era seu divertimento vê-lo abrir a janela e cantar as horas com a bocarra vermelha, arrufando as asas. Sorria-se então por dentro, feliz um instante.

Puseram-na depois a fazer crochê, e as horas se lhe iam a espichar trancinhas sem fim. Que ideia faria de si essa criança que nunca ouvira uma palavra de carinho? Pestinha, diabo, coruja, barata descascada, bruxa, pata-choca, pinto gorado, mosca-morta, sujeira, bisca, trapo, cachorrinha, coisa-ruim, lixo - não tinha conta o número de apelidos com que a mimoseavam. Tempo houve em que foi a bubônica. A epidemia andava na berra, como a grande novidade, e Negrinha viu-se logo apelidada assim - por sinal que achou linda a palavra. Perceberam-no e suprimiram--na da lista. Estava escrito que não teria um gostinho só na vida - nem esse de personalizar a peste...

O corpo de Negrinha era tatuado de sinais, cicatrizes, vergões. Batiam nele os da casa todos os dias, houvesse ou não houvesse motivo. Sua pobre carne exercia para os cascudos, cocres e beliscões a mesma atração que o ímã exerce para o aço. Mãos em cujos nós de dedos comichasse um cocre, era mão que se descarregaria dos fluidos em sua cabeça. De passagem. Coisa de rir e ver a careta...

A excelente dona Inácia era mestra na arte de judiar de crianças. Vinha da escravidão, fora senhora de escravos - e daquelas ferozes, amigas de ouvir cantar o bolo e estalar o bacalhau. Nunca se afizera ao regime novo - essa indecência de negro igual a branco e qualquer coisinha: a polícia! "Qualquer coisinha":

uma mucama assada ao forno porque se engraçou dela o senhor; uma novena de relho porque disse: "Como é ruim, a sinhá!"... O 13 de Maio tirou-lhe das mãos o azorrague, mas não lhe tirou da alma a gana. Conservava Negrinha em casa como remédio para os frenesis. Inocente derivativo:

— Ai! Como alivia a gente uma boa roda de cocres bem fincados!...

Tinha de contentar-se com isso, judiaria miúda, os níqueis da crueldade. Cocres: mão fechada com raiva e nós de dedos que cantam no coco do paciente. Puxões de orelha: o torcido, de despegar a concha (bom! bom! bom! gostoso de dar) e o a duas mãos, o sacudido. A gama inteira dos beliscões: do miudinho, com a ponta da unha, à torcida do umbigo, equivalente ao puxão de orelha. A esfregadela: roda de tapas, cascudos, pontapés e safanões a uma - divertidíssimo! A vara de marmelo, flexível, cortante: para "doer fino" nada melhor!

Era pouco, mas antes isso do que nada. Lá de quando em quando vinha um castigo maior para desobstruir o fígado e matar as saudades do bom tempo. Foi assim com aquela história do ovo quente.

Não sabem! Ora! Uma criada nova furtara do prato de Negrinha - coisa de rir - um pedacinho de carne que ela vinha guardando para o fim. A criança não sofreou a revolta - atirou-lhe um dos nomes com que a mimoseavam todos os dias.

— "Peste?" Espere aí! Você vai ver quem é peste - e foi contar o caso à patroa. Dona Inácia estava azeda, necessitadíssima de derivativos. Sua cara iluminou-se.

— Eu curo ela! - disse, e desentalando do trono as banhas foi para a cozinha, qual perua choca, a rufar as saias.

— Traga um ovo.

Veio o ovo. Dona Inácia mesmo pô-lo na água a ferver; e de mãos à cinta, gozando-se na prelibação da tortura, ficou de pé uns minutos, à espera. Seus olhos contentes envolviam a mísera criança que, encolhidinha a um canto, aguardava trêmula alguma coisa de nunca visto. Quando o ovo chegou a ponto, a boa senhora chamou:

— Venha cá!

Negrinha aproximou-se.

— Abra a boca!

Negrinha abriu a boca, como o cuco, e fechou os olhos. A patroa, então, com uma colher, tirou da água "pulando" o ovo e zás! na boca da pequena. E antes que o urro de dor saísse, suas mãos amordaçaram-na até que o ovo arrefecesse. Negrinha urrou surdamente, pelo nariz. Esperneou. Mas só. Nem os vizinhos chegaram a perceber aquilo. Depois:

— Diga nomes feios aos mais velhos outra vez, ouviu, peste?

E a virtuosa dama voltou contente da vida para o trono, a fim de receber o vigário que chegava.

— Ah, monsenhor! Não se pode ser boa nesta vida... Estou criando aquela pobre órfã, filha da Cesária - mas que trabalheira me dá!

— A caridade é a mais bela das virtudes cristas, minha senhora -murmurou o padre. - Sim, mas cansa...

— Quem dá aos pobres empresta a Deus.

A boa senhora suspirou resignadamente.

— Inda é o que vale...

Certo dezembro vieram passar as férias com Santa Inácia duas sobrinhas suas, pequenotas, lindas meninas louras, ricas, nascidas e criadas em ninho de plumas.

Do seu canto na sala do trono, Negrinha viu-as irromperem pela casa como dois anjos do céu - alegres, pulando e rindo com a vivacidade de cachorrinhos novos. Negrinha olhou imediatamente para a senhora, certa de vê-la armada para desferir contra os anjos invasores o raio dum castigo tremendo.

Mas abriu a boca: a sinhá ria-se também... Quê? Pois não era crime brincar? Estaria tudo mudado - e findo o seu inferno - e aberto o céu? No enlevo da doce ilusão, Negrinha levantou-se e veio para a festa infantil, fascinada pela alegria dos anjos.

Mas a dura lição da desigualdade humana lhe chicoteou a alma. Beliscão no umbigo, e nos ouvidos, o som cruel de todos os dias: "Já para o seu lugar, pestinha! Não se enxerga"?

Com lágrimas dolorosas, menos de dor física que de angústia moral -sofrimento novo que se vinha acrescer aos já conhecidos - a triste criança encorujou-se no cantinho de sempre.

— Quem é, titia? - perguntou uma das meninas, curiosa.

— Quem há de ser? - disse a tia, num suspiro de vítima. - Uma caridade minha. Não me corrijo, vivo criando essas pobres de Deus... Uma órfã. Mas brinquem, filhinhas, a casa é grande, brinquem por aí afora.

— Brinquem! Brincar! Como seria bom brincar! - refletiu com suas lágrimas, no canto, a dolorosa martirzinha, que até ali só brincara em imaginação com o cuco.

Chegaram as malas e logo:

— Meus brinquedos! - reclamaram as duas meninas.

Uma criada abriu-as e tirou os brinquedos.

Que maravilha! Um cavalo de pau!... Negrinha arregalava os olhos. Nunca imaginara coisa assim tão galante. Um cavalinho! E mais... Que é aquilo? Uma criancinha de cabelos amarelos... que falava "mamã"... que dormia...

Era de êxtase o olhar de Negrinha. Nunca vira uma boneca e nem sequer sabia o nome desse brinquedo. Mas compreendeu que era uma criança artificial.

— É feita?... - perguntou, extasiada.

E dominada pelo enlevo, num momento em que a senhora saiu da sala a providenciar sobre a arrumação das meninas, Negrinha esqueceu o beliscão, o ovo quente, tudo, e aproximou-se da criatura de louça. Olhou-a com assombrado encanto, sem jeito, sem ânimo de pegá-la.

As meninas admiraram-se daquilo.

— Nunca viu boneca?

— Boneca? - repetiu Negrinha. - Chama-se Boneca?

Riram-se as fidalgas de tanta ingenuidade.

— Como é boba! - disseram. - E você como se chama?

— Negrinha.

As meninas novamente torceram-se de riso; mas vendo que o êxtase da bobinha perdurava, disseram, apresentando-lhe a boneca:

— Pegue!

Negrinha olhou para os lados, ressabiada, como coração aos pinotes. Que ventura, santo Deus! Seria possível? Depois pegou a boneca. E muito sem jeito, como quem pega o Senhor menino, sorria para ela e para as meninas, com assustados relanços de olhos para a porta. Fora de si, literalmente... era como se penetrara no céu e os anjos a rodeassem, e um filhinho de anjo lhe tivesse vindo adormecer ao colo. Tamanho foi o seu enlevo que não viu chegar a patroa, já de volta. Dona Inácia entreparou, feroz, e esteve uns instantes assim, apreciando a cena.

Mas era tal a alegria das hóspedes ante a surpresa extática de Negrinha, e tão grande a força irradiante da felicidade desta, que o seu duro coração afinal bambeou. E pela primeira vez na vida foi mulher. Apiedou-se.

Ao percebê-la na sala Negrinha havia tremido, passando-lhe num relance pela cabeça a imagem do ovo quente e hipóteses de castigos ainda piores. E incoercíveis lágrimas de pavor assomaram-lhe aos olhos.

Falhou tudo isso, porém. O que sobreveio foi a coisa mais inesperada do mundo - estas palavras, as primeiras que ela ouviu, doces, na vida:

— Vão todas brincar no jardim, e vá você também, mas veja lá, hein?

Negrinha ergueu os olhos para a patroa, olhos ainda de susto e terror. Mas não viu mais a fera antiga. Compreendeu vagamente e sorriu.

Se alguma vez a gratidão sorriu na vida, foi naquela surrada carinha...

Varia a pele, a condição, mas a alma da criança é a mesma - na princesinha e na mendiga. E para ambos é a boneca o supremo enlevo. Dá a natureza dois momentos divinos à vida da mulher: o momento da boneca - preparatório -, e o momento dos filhos - definitivo. Depois disso, está extinta a mulher.

Negrinha, coisa humana, percebeu nesse dia da boneca que tinha uma alma. Divina eclosão! Surpresa maravilhosa do mundo que trazia em si e que desabrochava, afinal, como fulgurante flor de luz. Sentiu-se elevada à altura de ente humano. Cessara de ser coisa - e doravante ser-lhe-ia impossível viver a vida de coisa. Se não era coisa! Se sentia! Se vibrava!

Assim foi - e essa consciência a matou.

Terminadas as férias, partiram as meninas levando consigo a boneca, e a casa voltou ao ramerrão habitual. Só não voltou a si Negrinha. Sentia-se outra, inteiramente transformada.

Dona Inácia, pensativa, já a não atazanava tanto, e na cozinha uma criada nova, boa de coração, amenizava-lhe a vida.

Negrinha, não obstante, caíra numa tristeza infinita. Mal comia e perdera a expressão de susto que tinha nos olhos. Trazia-os agora nostálgicos, cismarentos.

Aquele dezembro de férias, luminosa rajada de céu trevas adentro do seu doloroso inferno, envenenara-a. Brincara ao sol, no jardim. Brincara!... Acalentara, dias seguidos, a linda boneca loura, tão boa, tão quieta, a dizer mamã, a cerrar os olhos para dormir. Vivera realizando sonhos da imaginação. Desabrochara-se de alma.

    Morreu na esteirinha rota, abandonada de todos, como um gato sem dono. Jamais, entretanto, ninguém morreu com maior beleza. O delírio rodeou-a de bonecas, todas louras, de olhos azuis. E de anjos... E bonecas e anjos remoinhavam-lhe em torno, numa farândola do céu. Sentia-se agarrada por aquelas mãozinhas de louça - abraçada, rodopiada.

    Veio a tontura; uma névoa envolveu tudo. E tudo regirou em seguida, confusamente, num disco. Ressoaram vozes apagadas, longe, e pela última vez o cuco lhe apareceu de boca aberta.

    Mas, imóvel, sem rufar as asas.

    Foi-se apagando. O vermelho da goela desmaiou...

    E tudo se esvaiu em trevas.

    Depois, vala comum. A terra papou com indiferença aquela carnezinha de terceira - uma miséria, trinta quilos mal pesados...

    E de Negrinha ficaram no mundo apenas duas impressões. Uma cômica, na memória das meninas ricas.

    — "Lembras-te daquela bobinha da titia, que nunca vira boneca?"

    Outra de saudade, no nó dos dedos de dona Inácia.

    — "Como era boa para um cocre!..."

O Colocador de Pronomes

Aldrovando Cantagalo veio ao mundo em virtude dum erro de gramática.
Durante sessenta anos de vida terrena pererecou como um peru em cima da gramática.
E morreu, afinal, vítima dum novo erro de gramática.
Mártir da gramática, fique este documento da sua vida como pedra angular para uma futura e hem merecida canonização.
Havia em Itaoca um pobre moço que definhava de tédio no fundo de um cartório. Escrevente. Vinte e três anos. Magro. Ar um tanto palerma. Ledor de versos lacrimogêneos e pai duns acrósticos dados à luz no Itaoquense, com bastante sucesso.
Vivia em paz com as suas certidões quando o frechou venenosa seta de Cupido. Objeto amado: a filha mais moça do Coronel Triburtino, o qual tinha duas, essa Laurinha, do escrevente, então nos 17, e a do Carmo, encalhe da família, vesga, madurota, histérica, manca da perna esquerda e um tanto aluada.
Triburtino não era homem de brincadeiras. Esgoelara um vereador oposicionista em plena sessão

da Câmara e desde aí se transformou no tutu da terra. Ioda gente lhe tinha um vago medo; mas o amor, que é mais forte que a morte, não receia sobrecenhos enfarruscados nem tufos de cabelos no nariz.

Ousou o escrevente namorar-lhe a filha, apesar da distância hierárquica que os separava. Namoro à moda velha, já se vê, pois que nesse tempo não existia a gostosura dos cinemas. Encontros na igreja, à missa, troca de olhares, diálogos de flores — o que havia de inocente e puro. Depois, roupa nova, ponta de lenço e seda a entremostrar-se no bolsinho de cima e medição de passos na rua dela, nos dias de folga. Depois, a serenata fatal à esquina, com o

Acorda, donzela...

Sapecado a medo num velho pinho de empréstimo. Depois, bilhetinho perfumado.

Aqui se estrepou...

Escrevera nesse bilhetinho, entretanto, apenas quatro palavras, afora pontos exclamativos e reticências:

Anjo adorado!
Amo-lhe!
P...

Para abrir o jogo bastava esse movimento de peão.

Ora, aconteceu que o pai do anjo apanhou o bilhetinho celestial e, depois de três dias de sobrecenho carregado, mandou chamá-lo à sua presença, com disfarce de pretexto — para umas certidõesinhas, explicou.

Apesar disso o moço veio um tanto ressabiado, com a pulga atrás da orelha.

Não lhe erravam os pressentimentos. Mal o pilhou portas aquém, o Coronel trancou o escritório, fechou a carranca e disse:

— A família Triburtino de Mendonça é a mais honrada desta terra, e eu, seu chefe natural, não permitirei nunca — nunca, ouviu? — que contra ela se cometa o menor deslize.

Parou. Abriu uma gaveta. Tirou de dentro o bilhetinho cor-de-rosa, desdobrou-o.

— E sua esta peça de flagrante delito?

O escrevente, a tremer, balbuciou medrosa confirmação.

— Muito bem! — continuou o Coronel em tom mais sereno.

— Ama, então, minha filha e tem a audácia de o declarar... Pois agora...

O escrevente, por instinto, ergueu o braço para defender a cabeça e relanceou os olhos para a rua, sondando uma retirada estratégica.

—... é casar! — concluiu de improviso o vingativo pai.

O escrevente ressuscitou. Abriu os olhos e a boca, num pasmo. Depois, tomando a si, comoveu-se e com lágrimas nos olhos disse, gaguejante:

— Beijo-lhe as mãos, Coronel! Nunca imaginei tanta generosidade em peito humano! Agora vejo com que injustiça o julgam aí fora!...

Velhaeamente o velho cortou-lhe o fio das expansões.

— Nada de frases, moço, vamos ao que serve: declaro-o solenemente noivo de minha filha!

E, voltando-se para dentro, gritou:

— Do Carmo! Venha abraçar o teu noivo!

O escrevente piscou seis vezes e, enchendo-se de coragem, corrigiu o erro.

— Laurinha, quer o coronel dizer...

O velho fechou de novo a carranca.

— Sei onde trago o nariz, moço. Vassuncê mandou este bilhete à Laurinha dizendo que "ama-lhe". Se amasse a ela deveria dizer "amo-te". Dizendo "amo-lhe" declara que ama a uma terceira pessoa, a qual não pode ser senão a Maria do Carmo. Salvo se declara amor à minha mulher...

— Oh, Coronel...

—... ou à preta Luzia, cozinheira. Escolha!

O escrevente, vencido, derrubou a cabeça, com uma lágrima a escorrer rumo à asa do nariz. Silenciaram ambos, em pausa de tragédia. Por fim o Coronel, batendo-lhe no ombro paternalmente, repetiu a boa lição da sua gramática matrimonial.

— Os pronomes, como sabe, são três: da primeira pessoa — quem fala, e neste caso vassuncê; da segunda pessoa — a quem se fala, e neste caso Laurinha; da terceira pessoa — de quem se fala, e neste caso Do Carmo, minha mulher ou a preta. Escolha!

Não havia fuga possível.

O escrevente ergueu os olhos e viu Do Carmo que entrava, muito lampeira da vida, torcendo acanhada a ponta do avental. Viu também sobre a secretária uma garrucha com espoleta nova ao alcance do maquiavélico pai. Submeteu-se e abraçou a urucaca, enquanto o velho, estendendo as mãos, dizia teatralmente:

— Deus vos abençoe, meus filhos!

No mês seguinte, solenemente, o moço casava-se com o encalhe, e onze meses depois vagia nas mãos da parteira o futuro professor Aldrovando, o conspícuo sabedor da língua que durante cinquenta anos a fio coçaria na gramática a sua incurável sarna filológica.

Até aos 10 anos não revelou Aldrovando pinta nenhuma. Menino vulgar, tossiu a coqueluche em tempo próprio, teve o sarampo de praxe, mais a caxumba e a catapora. Mais tarde, no colégio, enquanto os outros enchiam as horas de estudo com invenções de matar o tempo — empalamento de moscas e moidelas das respectivas cabecinhas entre duas folhas de papel, coisa de ver o desenho que sai Aldrovando apalpava com erótica emoção a gramática de Augusto Freire da Silva. Era o latejar do furúnculo filológico que o determinaria na vida, para matá-lo, afinal...

Deixemo-lo, porém, evoluir e tomemo-lo quando nos serve, aos 40 anos, já a descer o morro, arcado ao peso da ciência e combalido de rins. Lá está ele em seu gabinete de trabalho, fossando à luz dum lampião os pronomes de Filinto Elísio. Corcovado, magro, seco, óculos de latão no nariz, careca, celibatário impenitente, dez horas de aulas por dia, duzentos mil-réis por mês e o rim volta e meia a fazer-se lembrado.

Já leu tudo. Sua vida foi sempre o mesmo poento idílio com as veneráveis costaneiras onde cabeceiam os clássicos lusitanos. Versou-os um por um com mão diurna e noturna. Sabe-os de cor, conhece-os pela morrinha, distingue pelo faro uma seca de Lucena duma esfalfa de Rodrigues Lobo. Digeriu todas as patranhas de Fernão Mendes Pinto. Obstruiu-se da broa encruada de Frei Pantaleão do Aveiro. Na idade em que os rapazes correm atrás das raparigas, Aldrovando escabichava belchiores na pista dos mais esquecidos mestres da boa arte de maçar. Nunca dormiu entre braços de mulher. A mulher e o amor — mundo, diabo e carne eram para ele os alfarrábios freiráticos do quinhentismo, em cuja soporosa verborreia espapaçava os instintos lerdos, como porco em lameiro.

Em certa época viveu três anos acampado em Vieira. Depois vagamundeou, como um Robinson, pelas florestas de Bernardes.

Aldrovando nada sabia do mundo atual. Desprezava a natureza, negava o presente. Passarinho, conhecia um só: o rouxinol de Bernardim Ribeiro. E se acaso o sabiá de Gonçalves Dias vinha bicar "pomos de Hespérides" na laranjeira do seu quintal, Aldrovando esfogueteava-o com apóstrofes:

— Salta fora, regionalismo de má sonância!

A língua lusa era-lhe um tabu sagrado que atingira a perfeição com Erei Luís de Sousa, e daí para cá, salvo lucilações esporádicas, vinha chafurdando no ingranzéu barbaresco.

— A ingresia de hoje — declamava ele — está para a Língua como o cadáver em putrefação está para o corpo vivo.

E suspirava, condoído dos nossos destinos:

— Povo sem língua!... Não me sorri o futuro de Vera Cruz...

E não lhe objetassem que a língua é organismo vivo e que a temos a evoluir na boca do povo.

— Língua? Chama você língua à garabulha bordalenga que estampam periódicos? Cá está um desses galicígrafos. Deletreemo-lo ao acaso.

E, baixando as cangalhas, lia:

— Teve lugar ontem... É língua esta espurcícia negral? Ó meu seráfico Erei Luís, como te conspurcam o divino idioma estes sarrafaçais da moxinifada!

—... no Trianon... Por que, Trianon? Por que este perene barbarizar com alienígenos arrevesos? Tão bem ficava — a Benfica, ou, se querem neologismo de bom cunho — o Logratório... Tarelos é que são, tarelos!

E suspirava deveras compungido.

— Inútil prosseguir. A folha inteira cacografa-se por este teor. Ai! Onde param as boas letras de antanho? Fez-se peru o níveo cisne. Ninguém atende à lei suma — Horácio! Impera o desprimor, e o mau gosto vige como suprema regra. A gálica intrujice é maré sem vazante. Quando penetro num livreiro o coração se me confrange ante o pélago de óperas barbarescas que nos vertem cá mercadores de má morte. E é de notar, outrossim, que a elas se vão as preferências do vulgacho. Muito não faz que vi com estes olhos um gentil mancebo preferir uma sordícia de Oitavo Mirbelo, Canhenho duma dama de servir, creio, à... adivinhe ao quê, amigo? A Carta de Guia do meu divino Francisco Manuel!...

— Mas a evolução...

— Basta. Conheço às sobejas a escolástica da época, a "evolução" darwínica, os vocábulos macacos — pitecofonemas que "evolveram", perderam o pelo e se vestem hoje à moda de França, com vidro no olho.

Por amor a Frei Luís, que ali daquela costaneira escandalizado nos ouve, não remanche o amigo na esquipática sesquipedalice.

Um biógrafo ao molde clássico separaria a vida de Aldrovando em duas fases distintas: a estática, em que apenas acumulou ciência, e a dinâmica, em que, transfeito em apóstolo, veio a campo com todas as armas para contrabater o monstro da corrupção.

Abriu campanha com memorável ofício ao Congresso, pedindo leis repressivas contra os ácaros do idioma.

— "Leis, senhores, leis de Dracão, que diques sejam, e fossados, e alcaçares de granito prepostos à defensão do idioma. Mister sendo, a forca se restaure, que mais o baraço merece quem conspurca o sacro patrimônio da sã vernaculidade, que quem o semelhante a vida tira. Vede, senhores, os pronomes, em que lazeira jazem..."

Os pronomes, ai!, eram a tortura permanente do professor Aldrovando. Doía-lhe como punhalada vê-los por aí pré ou pospostos contra regras elementares do dizer castiço. E sua representação alargou-se nesse pormenor, flagelante, concitando os pais da pátria à criação dum Santo Ofício gramatical.

Os ignaros congressistas, porém, riram-se da memória e grandemente piaram sobre Aldrovando as mais cruéis chalaças.

— Quer que instituamos patíbulo para os maus colocadores de pronomes! Isto seria autocondenar--nos à morte! Tinha graça!

Também lhe foi à pele a imprensa, com pilhérias soezes. E depois, o público. Ninguém alcançara a nobreza do seu gesto, e Aldrovando, com a mortificação na alma, teve que mudar de rumo. Planeou recorrer ao púlpito dos jornais. Para isso mister foi, antes de nada, vencer o seu velho engulho pelos "galicígrafos de papel e graxa". Transigiu e, breve, desses "pulmões da pública opinião" apostrofou o país com o verbo tonante de Ezequiel. Encheu colunas e colunas de objurgatórias ultraviolentas, escritas no mais estreme vernáculo.

Mas não foi entendido. Raro leitor metia os dentes naqueles intermináveis períodos engrenados à moda de Lucena; e ao cabo da aspérrima campanha viu que pregara em pleno deserto. Leram-no apenas a meia dúzia de Aldrovandos que vegetam sempre em toda parte, como notas rezinguentas da sinfonia universal.

A massa dos leitores, entretanto, essa permaneceu alheia aos flamívomos pelouros da sua colubrina sem raia. E por fim os "periódicos" fecharam-lhe a porta no nariz, alegando falta de espaço e coisas.

— Espaço não há para as sãs ideias — objurgou o enxotado —, mas sobeja, e pressuroso, para quanto recende à podriqueira!... Gomorra! Sodoma! Fogos do céu virão um dia alimpar-vos a gafa!... — exclamou, profético, sacudindo à soleira da redação o pó das cambaias botinas de elástico.

Tentou em seguida ação mais direta, abrindo consultório gramatical.

— Têm-nos os físicos (queria dizer médicos), os doutores em leis, os charlatas de toda espécie. Abra-se um para a medicação da grande enferma, a língua. Gratuito, já se vê, que me não move amor de bens terrenos.

Falhou a nova tentativa. Apenas moscas vagabundas vinham esvoejar na salinha modesta do apóstolo. Criatura humana nem uma só lá apareceu a fim de remendar-se filologicamente.

Ele, todavia, não esmoreceu.

— Experimentemos processo outro, mais suasório.

E anunciou a montagem da "Agência de Colocação de Pronomes e Reparos Estilísticos".

Quem tivesse um autógrafo a rever, um memorial a expungir de cincas, um calhamaço a compor-se com os "afeites" do lídimo vernáculo, fosse lá que, sem remuneração nenhuma, nele se faria obra limpa e escorreita.

Era boa a ideia, e logo vieram os primeiros originais necessitados de ortopedia, sonetos a consertar pés de versos, ofícios ao governo pedindo concessões, cartas de amor.

Tais, porém, eram as reformas que nos doentes operava Aldrovando, que os autores não mais reconheciam suas próprias obras. Um dos clientes chegou a reclamar.

— Professor, vossa senhoria enganou-se. Pedi limpa de enxada nos pronomes, mas não que me traduzisse a memória em latim...

Aldrovando ergueu os óculos para a testa:

— E traduzi em latim o tal ingranzéu?

— Em latim ou grego, pois que o não consigo entender...

Aldrovando empertigou-se.

— Pois, amigo, errou de porta. Seu caso é ali com o alveitar da esquina.

Pouco durou a Agência, morta à míngua de clientes. Teimava o povo em permanecer empapado no chafurdeiro da corrupção...

O rosário de insucessos, entretanto, em vez de desalentar exasperava o apóstolo.

— Hei de influir na minha época. Aos tarelos hei de vencer. Fogem-me à férula os maraus de pau e corda? Ir-lhes-ei empós, filá-los-ei pela gorja!... Salta rumor!

E foi-lhes "empós". Andou pelas ruas examinando dísticos e tabidetas com vícios de língua. Descoberta e "asnidade", ia ter com o proprietário, contra ele desfechando os melhores argumentos catequistas.

Foi assim com o ferreiro da esquina, em cujo portão de tenda uma tabuleta — "Ferra-se cavalos" — escoicinhava a santa gramática.

— Amigo — disse-lhe pachorrentamente Aldrovando natural a mim me parece que erres, alarve que és. Se erram paredros, nesta época de ouro da corrupção...

O ferreiro pôs de lado o malho e entreabriu a boca.

— Mas da boa sombra do teu focinho espero — continuou o apóstolo — que ouvidos me darás. Naquela tábua um dislate existe que seriamente à língua lusa ofende. Venho pedir-te, em nome do asseio gramatical, que o expunjas.

—???

— Que reformes a tabuleta, digo.

— Reformar a tabuleta? Uma tabuleta nova, com a licença paga? Estará acaso rachada?

— Fisicamente, não. A racha é na sintaxe. Fogem ali os dizeres à sã gramaticalidade.

O honesto ferreiro não entendia nada de nada.

— Macacos me lambam se estou entendendo o que vossa senhoria diz...

— Digo que está a forma verbal com eiva grave. O "ferra-se" tem que cair no plural, pois que a forma é passiva e o sujeito é "cavalos".

O ferreiro abriu o resto da boca.

— O sujeito sendo "cavalos" — continuou o mestre a forma verbal é "ferram-se" — "ferram-se cavalos!"

— Ahn! — respondeu o ferreiro começo agora a compreender. Diz vossa senhoria que...

—... que "ferra-se cavalos" é um solecismo horrendo e o certo é "ferram-se cavalos".

— Vossa senhoria me perdoe, mas o sujeito que ferra os cavalos sou eu, e eu não sou plural. Aquele "se" da tabuleta refere-se cá a este seu criado. E como quem diz: "Serafim ferra cavalos — Ferra Serafim cavalos". Para economizar tinta e tábua abreviaram o meu nome, e ficou como está: "Ferra Se(rafim) cavalos".

— Isto me explicou o pintor, e entendi-o muito bem.

Aldrovando ergueu os olhos para o céu e suspirou.

— Ferras cavalos e bem merecias que te fizessem eles o mesmo!... Mas não discutamos. Ofereço-te dez mil-réis pela admissão dum "m" ali...

— Se vossa senhoria paga...

Bem empregado dinheiro! A tabuleta surgiu no dia seguinte dessolecismada, perfeitamente de acordo com as boas regras da gramática. Era a primeira vitória obtida e todas as tardes Aldrovando passava por lá para gozar-se dela.

Por mal seu, porém, não durou muito o regalo. Coincidindo a entronização do "m" com maus negócios na oficina, o supersticioso ferreiro atribuiu a macaca à alteração dos dizeres e lá raspou o "m" do professor.

A cara que Aldrovando fez quando no passeio desse dia deu com a vitória borrada! Entrou furioso pela oficina adentro, e mascava uma apóstrofe de fulminar quando o ferreiro, às brutas, lhe barrou o passo.

— Chega de caraminholas, ó barata tonta! Quem manda aqui, no serviço e na língua, sou eu. E é ir andando, antes que eu o ferre com um bom par de ferros ingleses!

O mártir da língua meteu a gramática entre as pernas e moscou-se.

Sancta simplicitas! ouviram-no murmurar na rua, de rumo à casa, em busca das consolações seráficas de Frei Heitor Pinto. Chegado que foi ao gabinete de trabalho, caiu de borco sobre as costaneiras venerandas e não mais conteve as lágrimas, chorou...

O mundo estava perdido e os homens, sobre maus, eram impenitentes. Não havia desviá-los do ruim caminho, e ele, já velho, com o rim a rezingar, não se sentia com forças para a continuação da guerra.

— Não hei de acabar, porém, antes de dar a prelo um grande livro, onde compendie a muita ciência que hei acumulado.

E Aldrovando empreendeu a realização de um vastíssimo programa de estudos filológicos. Encabeçaria a série um tratado sobre a colocação dos pronomes, ponto onde mais claudicava a gente de Gomorra.

Fê-lo, e foi feliz, nesse período de vida em que, alheio ao mundo, todo se entregou, dia e noite, à obra magnífica. Saiu trabuco volumoso, que daria três tomos de 500 páginas cada um, corpo miúdo. Que proventos não adviriam dali para a lusitanidade! Todos os casos resolvidos para sempre, todos os homens de boa vontade salvos da gafaria! O ponto fraco do brasileiro falar resolvido de vez! Maravilhosa coisa...

Pronto o primeiro tomo — Do pronome Se —, anunciou a obra pelos jornais, ficando à espera da chusma de editores que viram disputá-la à sua porta. E por uns dias o apóstolo sonhou as delícias da estrondosa vitória literária, acrescida de gordos proventos pecuniários.

Calculava em oitenta contos o valor dos direitos autorais, que, generoso que era, cederia por cinquenta. E cinquenta contos para um velho celibatário como ele, sem família nem vícios, tinha a significação duma grande fortuna. Empatados em empréstimos hipotecários, sempre eram seus quinhentos mil-réis por mês de renda a pingarem pelo resto da vida na gavetinha onde, até então, nunca entrara pelega maior de duzentos. Servia, servia!... E Aldrovando, contente, esfregava as mãos, de ouvido alerta, preparando frases para receber o editor que vinha vindo...

Que vinha vindo mas não veio, ai!... As semanas se passaram sem que nenhum representante dessa miserável fauna de judeus surgisse a chatinar o maravilhoso livro.

— Não me vêm a mim? Salta rumor! Pois me vou a eles!

E saiu em via-sacra, a correr todos os editores da cidade.

Má gente! Nenhum lhe quis o livro sob condições nenhumas. Torciam o nariz, dizendo: "Não é vendável!" ou: "Por que não faz antes uma cartilha infantil aprovada pelo governo?".

Aldrovando, com a morte na alma e o rim dia a dia mais derrancado, retesou-se nas últimas resistências.

— Fa-la-ei imprimir à minha custa! Ah!, amigos! Aceito o cartel. Sei pelejar com todas as armas e irei até ao fim, Bofé!...

Para lutar era mister dinheiro e bem pouco do viríssimo metal possuía na arca o alquebrado Aldrovando. Não importa! Faria dinheiro, venderia móveis, imitaria Bernardo de Pallissy, não morreria sem ter o gosto de acaçapar Gomorra sob o peso da sua ciência impressa. Editaria ele mesmo um por um todos os volumes da obra salvadora.

Disse e fez.

Passou esse período de vida alternando revisão de provas com padecimentos renais. Venceu. O livro compôs-se, magnificamente revisto, primoroso na linguagem como não existia igual.

Dedicou-o a Frei Luís de Souza:

A memória daquele que me sabe as dores,
O AUTOR.

Mas não quis o destino que o já trêmulo. Aldrovando colhesse os frutos de sua obra. Filho dum pronome impróprio, a má colocação doutro pronome lhe cortaria o fio da vida.

Muito corretamente havia ele escrito na dedicatória:... daquele que me sabe... e nem poderia escrever doutro modo um tão conspícuo colocador de pronomes. Maus fados intervieram, porém — até os fados conspiram contra a língua! — e por artimanha do diabo que os rege empastelou-se na oficina esta frase. Vai o tipógrafo e recompõe-na a seu modo... daquele que sabe-me as dores... E assim saiu nos milheiros de cópias da avultada edição.

Mas não antecipemos.

Pronta a obra e paga, ia Aldrovando recebê-la, enfim. Que glória! Construíra, finalmente, o pedestal da sua própria imortalidade, ao lado direito dos sumos cultores da língua.

A grande ideia do livro, exposta no capítulo VI — Do método automático de bem colocar os pronomes — engenhosa aplicação duma regra mirífica por meio da qual até os burros de carroça poderiam zurrar com gramática, operaria como o "914" da sintaxe, limpando-a da avariose produzida pelo espiroqueta da pronominuria.

A excelência dessa regra estava em possuir equivalentes químicos de uso na farmacopeia alopata, de modo que a um bom laboratório fácil lhe seria reduzi-la a ampolas para injeções hipodérmicas, ou a pílulas, pós ou poções para uso interno.

E quem se injetasse ou engolisse uma pílula do futuro PRONOMINOL CANTAGALO curar-se-ia para sempre do vício, colocando os pronomes instintivamente bem, tanto no falar como no escrever. Para algum caso de pronomorreia aguda, evidentemente incurável, haveria o recurso do PRONOMINOL N° 2, onde entrava a estriquinina em dose suficiente para libertar o mundo do infame sujeito.

Que glória! Aldrovando prelibava essas delícias todas quando lhe entrou casa adentro a primeira carroçada de livros. Dois brutamontes de mangas arregaçadas empilharam-nos pelos cantos, em rumas que lá se iam; e concluso o serviço um deles pediu:

— Me dá um mata-bicho, patrão!...

Aldrovando severizou o semblante ao ouvir aquele "Me" tão fora dos mancais, e tomando um exemplar da obra ofertou-a ao "doente".

— Toma lá. O mau bicho que tens no sangue morrerá asinha às mãos deste vermífugo. Recomendo-te a leitura do capítulo sexto.

O carroceiro não se fez rogar; saiu com o livro, dizendo ao companheiro:

— Isto no "sebo" sempre renderá cinco tostões. Já serve!...

Mal se sumiram, Aldrovando abancou-se à velha mesinha de trabalho e deu começo à tarefa de lançar dedicatórias num certo número de exemplares destinados à crítica. Abriu o primeiro, e estava já a escrever o nome de Rui Barbosa quando seus olhos deram com a horrenda cinca:

"daquele QUE SABE-ME as dores".

— Deus do céu! Será possível?

Era possível. Era fato. Naquele, como em todos os exemplares da edição, lá estava, no hediondo relevo da dedicatória a Frei Luís de Souza, o horripilantíssimo — "que sabe-me..."

Aldrovando não murmurou palavra. De olhos muito abertos, no rosto uma estranha marca de dor — dor gramatical inda não descrita nos livros de patologia permaneceu imóvel uns momentos.

Depois empalideceu. Levou as mãos ao abdômen e estorceu-se nas garras de repentina e violentíssima ânsia.

Ergueu os olhos para Frei Luís de Souza e murmurou:

— Luís! Luís! Lamina Sabachtani!

E morreu.

De que não sabemos — nem importa ao caso. O que importa é proclamarmos aos quatro ventos que com Aldrovando morreu o primeiro santo da gramática, o mártir número 1 da Colocação dos Pronomes.

Paz à sua alma.

O Drama da Geada

Junho. Manhã de neblina. Vegetação entanguida de frio. Em todas as folhas o recamo de diamantes com que as adereça o orvalho.

Passam colonos para a roça, retransidos, deitando fumaça pela boca.

Frio. Frio de geada, desses que matam passarinhos e nos põem sorvete dentro dos ossos.

Saímos cedo a ver cafezais, e ali paramos, no viso do espigão, ponto mais alto da fazenda. Dobrando o joelho sobre a cabeça do socado, o major voltou o corpo para o mar de café aberto ante nossos olhos e disse num gesto amplo:

— Tudo obra minha, veja!

Vi. Vi e compreendi-lhe o orgulho, sentindo-me orgulhoso também de tal patrício. Aquele desbravador de sertões era uma força criadora, dessas que enobrecem a raça humana.

— Quando adquiri esta gleba — disse ele —, tudo era mata virgem, de ponta a ponta. Rocei, derrubei, queimei, abri caminhos, rasguei valos, estiquei arame, construí pontes, ergui casas, arrumei pastos, plantei café — fiz tudo. Trabalhei como negro cativo durante quatro anos. Mas venci. A fazenda está formada, veja.

Vi. Vi o mar de café ondulando pelos seios da terra, disciplinado em fileiras de absoluta regularidade. Nem uma falha! Era um exército em pé de guerra. Mas bisonho ainda. Só no ano vindouro entraria em campanha. Até ali, os primeiros frutos não passavam de escaramuças de colheita. E o major, chefe supremo do verde exército por ele criado, disciplinado, preparado para a batalha decisiva da primeira safra grande, a que liberta o fazendeiro dos ônus da formação, tinha o olhar orgulhoso dum pai diante de filhos que não mentem à estirpe.

O fazendeiro paulista é alguma coisa séria no mundo. Cada fazenda é uma vitória sobre a fereza retrátil dos elementos brutos, coligados na defesa da virgindade agredida. Seu esforço de gigante paciente nunca foi cantado pelos poetas, mas muita epopeia há por aí que não vale a destes heróis do trabalho silencioso. Tirar uma fazenda do nada é façanha formidável. Alterar a ordem da natureza, vencê-la, impor-lhe uma vontade, canalizar-lhe as forças de acordo com um plano preestabelecido, dominar a réplica eterna do mato daninho, disciplinar os homens da lida, quebrar a força das pragas... — batalha sem tréguas, sem fim, sem momento de repouso e, o que é pior, sem certeza plena da vitória. Colhe-a muitas vezes o credor, um onzeneiro que adiantou um capital caríssimo e ficou a seu salvo na cidade, de cócoras num título de hipoteca, espiando o momento oportuno para cair sobre a presa como um gavião.

— Realmente, major, isto é de enfunar o peito! É diante de espetáculos destes que vejo a mesquinharia dos que lá fora, comodamente, parasitam o trabalho do agricultor.

— Diz bem. Fiz tudo, mas o lucro maior não é meu. Tenho um sócio voraz que me lambe, ele só, um quarto da produção: o Governo. Sangram-na depois as estradas de ferro — mas destas não me queixo porque dão muita coisa em troca. Já não digo o mesmo dos tubarões do comércio, esse cardume de intermediários que começa ali em Santos, no zangão, e vai numa cadeia até o torrador americano. Mas não importa! O café dá para todos, até para a besta do produtor... — concluiu, pilheriando.

Tocamos os animais a passo, com os olhos sempre presos ao cafezal intérmino. Sem um defeito de formação, as paralelas de verdura ondeavam, acompanhando o relevo do solo, até se confundirem ao longe em massa uniforme. Verdadeira obra de arte em que, sobrepondo-se à natureza, o homem lhe impunha o ritmo da simetria.

— No entanto — continuou o major —, a batalha ainda não está ganha. Contraí dívidas; a fazenda está hipotecada a judeu-franceses. Não venham colheitas fartas e serei mais um vencido pela fatalidade das coisas. A natureza depois de subjugada é mãe; mas o credor é sempre carrasco...

A espaços, perdidas na onda verde, perobeiras sobreviventes erguiam fustes contorcidos, como galvanizadas pelo fogo numa convulsão de dor. Pobres árvores! Que destino triste, verem-se um dia arrancadas à vida em comum e insuladas na verdura rastejante do café, como rainhas prisioneiras à cola de um carro de triunfo! Órfãs da mata nativa, como não hão de chorar o conchego de outrora? Vede-as. Não têm o desgarre, o frondoso de copa das que nascem em campo aberto. Seu engalhamento, feito para a vida apertada da floresta, parece agora grotesco; sua altura desmesurada, em desproporção com a fronde, provoca o riso. São mulheres despidas em público, hirtas de vergonha, não sabendo que parte do corpo esconder. O excesso de ar as atordoa, o excesso de luz as martiriza — afeitas que estavam ao espaço confinado e à penumbra sonolenta do habitat.

Fazendeiros desalmados — não deixeis nunca árvores pelo cafezal... Cortai-as todas, que nada mais pungente do que forçar uma árvore a ser grotesca.

— Aquela perobeira ali — disse o major — ficou para assinalar o ponto de partida deste talhão. Cha-

ma-se a peroba do Ludgero, um baiano valente que morreu ao pé dela estrepado numa jiçara...
Tive a visão do livro aberto que seriam para o fazendeiro aquelas paragens.

— Como tudo aqui lhe há de falar à memória, major!

— É isso mesmo. Tudo me fala à recordação. Cada toco de pau, cada pedreira, cada volta de caminho tem uma história que sei, trágica às vezes, como essa da peroba, às vezes cômica — pitoresca sempre. Ali...

— está vendo aquele toco de jerivá? Foi por uma tempestade de fevereiro. Eu abrigara-me num rancho coberto de sapé, e lá em silêncio esperávamos, eu e a turma, o fim do dilúvio, quando estalou um raio quase em cima das nossas cabeças.

'"Fim do mundo, patrão!' — lembro-me que disse, numa careta de pavor, o defunto Zé Coivara... E parecia!... Mas foi apenas o fim de um velho coqueiro, do qual resta hoje — sic transit... — esse pobre toco... Cessada a chuva, encontramo-lo desfeito em ripas."

Mais adiante abria-se a terra em boçoroca vermelha, esbarrondada em coleios até morrer no córrego. O major apontou-a, dizendo:

— Cenário do primeiro crime cometido na fazenda. Rabo de saia, já se sabe. Nas cidades e na roça, pinga e saia são o móvel de todos os crimes. Esfaquearam-se aqui dois cearenses. Um acabou no lugar; outro cumpre pena na correição. E a saia, muito contente da vida, mora com o tertius. A história de sempre.

E assim, de evocação em evocação, às sugestões que pelo caminho iam surgindo, chegamos à casa de moradia, onde nos esperava o almoço. Almoçamos, e não sei se por boa disposição criada pelo passeio matutino ou por mérito excepcional da cozinheira, o almoço desse dia ficou-me na memória gravado para sempre. Não sou poeta, mas se Apolo algum dia me der na cabeça o estalo do padre Vieira, juro que antes de cantar Lauras e Natércias hei de fazer uma beleza de ode à linguiça com angu de fubá vermelho desse almoço sem par, única saudade gustativa com que descerei ao túmulo...

Em seguida, enquanto o major atendia à correspondência, saí a espairecer pelo terreiro, onde me pus de conversa com o administrador. Soube por ele da hipoteca que pesava sobre a fazenda e da possibilidade de outro, não o major, vir a colher o fruto do penoso trabalho.

— Mas isso — esclareceu o homem — só no caso de muito azar — chuva de pedra ou geada, daquelas que não vêm mais.

— Que não vêm mais, por quê?

— Porque a última geada grande foi em 1895. Daí para cá as coisas endireitaram. O mundo, com a idade, muda, como a gente. As geadas, por exemplo, vão-se acabando. Antigamente ninguém plantava café onde o plantamos hoje. Era só de meio morro acima. Agora não. Viu aquele cafezal do meio? Terra bem baixa; no entanto, se bate geada ali é sempre coisinha — um tostado leve. De modo que o patrão, com uma ou duas colheitas, paga a dívida e fica o fazendeiro mais "prepotente" do município.

— Assim seja, que grandemente o merece — rematei.

Deixei-o. Dei umas voltas, fui ao pomar, estive no chiqueiro vendo brincar os leitõezinhos e depois subi. Estava um preto dando nas venezianas da casa a última demão de tinta. Por que será que as pintam sempre de verde? Incapaz por mim de solver o problema, interpelei o preto, que não se embaraçou e respondeu sorrindo:

— Pois veneziana é verde como o céu é azul. É da natureza dela...

Aceitei a teoria e entrei.

À mesa a conversa girou em torno da geada.

— É o mês perigoso este — disse o major. — O mês da aflição. Por maior firmeza que tenha um homem, treme nesta época. A geada é um eterno pesadelo. Felizmente a geada não é mais o que era dantes. Já nos permite aproveitar muita terra baixa em que os antigos nem por sombras plantavam um só pé de café. Mas, apesar disso, um que facilitou, como eu, está sempre com a pulga atrás da orelha. Virá? Não virá? Deus sabe!...

 Seu olhar mergulhou pela janela, numa sondagem profunda ao céu límpido.

 — Hoje, por exemplo, está com jeito. Este frio fino, este ar parado...

 Ficou a cismar uns momentos. Depois, espantando a nuvem, murmurou:

 — Não vale a pena pensar nisto. O que tem de ser lá está gravado no livro do destino.

 — Livra-te dos ares!... — objetei.

 — Cristo não entendia de lavoura — replicou o fazendeiro sorrindo.

 E a geada veio! Não geadinha mansa de todas os anos, mas calamitosa, geada cíclica, trazida em ondas do Sul.

 O sol da tarde, mortiço, dera uma luz sem luminosidade e raios sem calor nenhum. Sol boreal, tiritante. E a noite caíra sem preâmbulos.

 Deitei-me cedo, batendo o queixo, e na cama, apesar de enleado em dois cobertores, permaneci entanguido uma boa hora antes que ferrasse no sono. Acordou-me o sino da fazenda, pela madrugada. Sentindo-me enregelado, com os pés a doerem, ergui-me para um exercício violento. Fui para o terreiro.

 O relento estava de cortar as carnes — mas que maravilhoso espetáculo! Brancuras por toda parte.

Chão, árvores, gramados e pastos eram, de ponta a ponta, um só atoalhado branco. As árvores imóveis, inteiriçadas de frio, pareciam emersas dum banho de cal. Rebrilhos de gelo pelo chão. Águas envidradas. As roupas dos varais, tesas, como endurecidas em goma forte. As palhas do terreiro, os sabugos de ao pé do cocho, a telha dos muros, o topo dos moirões, a vara das cercas, o rebordo das tábuas — tudo polvilhado de brancuras, lactescente, como chovido por um saco de farinha. Maravilhoso quadro! Invariável que é a nossa paisagem, sempre nos mansos tons do ano inteiro, encantava sobremodo vê-la de súbito mudar, vestir-se dum esplendoroso véu de noiva — noiva da morte, ai!...

Por algum tempo caminhei a esmo, arrastado pelo esplendor da cena. O maravilhoso quadro de sonho breve morreria, apagado pela esponja de ouro do sol. Já pelos topes e faces de batedeira andavam-lhe os raios na faina de restaurar a verdura. Abriam manchas no branco da geada, dilatavam-nas, entremostrando nesgas do verde submerso.

Só nas baixadas, encostas noruegas ou sítios sombreados pelas árvores, é que a brancura persistia ainda, contrastando sua nítida frialdade com os tons quentes ressurretos. Vencera a vida, guiada pelo sol. Mas a intervenção do fogoso Febo, apressada demais, transformara em desastre horroroso a nevada daquele ano — a maior de quantas deixaram marca nas embaubeiras de São Paulo.

A ressurreição do verde fora aparente. Estava morta a vegetação. Dias depois, por toda parte, a vestimenta do solo seria um burel imenso, com a sépia a mostrar a gama inteira dos seus tons ressecos. Pontilha-lo-ia apenas, cá e lá, o verde-negro das laranjeiras e o esmeraldino sem -vergonha da vassourinha.

Quando regressei, sol já alto, estava a casa retransida no pavor das grandes catástrofes. Só então me acudiu que o belo espetáculo que eu até ali só encarara pelo prisma estético tinha um reverso trágico: a ruína do heroico fazendeiro. E procurei-o ansioso.

Tinha sumido. Passara a noite em claro, disse-me a mulher; de manhã, mal clareara, fora para a janela e lá permanecera imóvel, observando o céu através dos vidros. Depois saíra sem ao menos pedir o café, como de costume. Andava a examinar a lavoura, provavelmente.

Devia ser isso. Mas como tardasse a voltar — onze horas e nada —, a família entrou-se de apreensões.

Meio-dia. Uma hora, duas, três e nada.

O administrador, que a mandado da mulher saíra a procurá-lo, voltou à tarde sem notícias.

— Bati tudo e nem rasto. Estou com medo de alguma coisa... Vou espalhar gente por aí, à cata.

Dona Ana, inquieta, de mãos enclavinhadas, só dizia uma coisa:

— Que será de nós, santo Deus! Quincas é capaz duma loucura...

Pus-me em campo também, em companhia do capataz. Corremos todos os caminhos, varejamos grotas em todas as direções — inutilmente.

Caiu a tarde. Caiu a noite — a noite mais lúgubre de minha vida — noite de desgraça e aflição.

Não dormi. Impossível conciliar o sono naquele ambiente de dor, sacudido de choro e soluços.

Certa hora os cães latiram no terreiro, mas silenciaram logo.

Rompeu a manhã, glacial como a da véspera. Tudo apareceu geado novamente.

Veio o sol. Repetiu-se a mutação da cena. Esvaiu-se a alvura, e o verde morto da vegetação envolveu a paisagem num sudário de desalento.

Em casa repetiu-se o corre-corre do dia anterior, o mesmo vaivém, o mesmo "quem sabe?", as mesmas pesquisas inúteis.

À tarde, porém — três horas —, um camarada apareceu esbaforido, gritando de longe, no terreiro:

— Encontrei! Está perto da boçoroca!...

— Vivo? — perguntou o capataz.

— Vivo, sim, mas...

Dona Ana surgira à porta e, ao ouvir a boa-nova, exclamou, chorando e sorrindo:

— Bendito sejas, meu Deus!...

Minutos depois partimos todos de rumo à boçoroca e a cem passos dela avistamos um vulto às voltas com os cafeeiros requeimados. Aproximamo-nos. Era o major. Mas em que estado! Roupa em tiras, cabelos sujos de terra, olhos vítreos e desvairados. Tinha nas mãos uma lata de tinta e uma brocha — brocha do pintor que andava a olear as venezianas. Compreendi o latido dos cães à noite...

O major não se deu conta da nossa chegada. Não interrompeu o serviço: continuou a pintar, uma a uma, do risonho verde esmeraldino das venezianas, as folhas requeimadas do cafezal morto...

Dona Ana, estarrecida, entreparou atônita. Depois, compreendendo a tragédia, rompeu em choro convulso.

O Jardineiro Timóteo

O casarão da fazenda era ao jeito das velhas moradias: – frente com varanda, uma ala e pátio interno. Neste ficava o jardim, também à moda antiga, cheio de plantas antigas cujas flores punham no ar um saudoso perfume d'antanho. Quarenta anos havia que lhe zelava dos canteiros o bom Timóteo, um preto branco por dentro. Timóteo o plantou quando a fazenda se abria e a casa inda cheirava a reboco fresco e tintas d'óleo recentes, e desd'aí – lá se iam quarenta anos – ninguém mais teve licença de pôr a mão em "seu jardim".

Verdadeiro poeta, o bom Timóteo.

Não desses que fazem versos, mas desses que sentem a poesia sutil das coisas. Compusera, sem o saber, um maravilhoso poema onde cada plantinha era um verso que só ele conhecia, verso vivo, risonho ao reflorir anual da primavera, desmedrado e sofredor quando junho sibilava no ar os látegos do frio.

O jardim tornara-se a memória viva da casa. Tudo nele correspondia a uma significação familiar de suave encanto, e assim foi desde o começo, ao riscarem-se os canteiros na terra virgem ainda recendente à escavação. O canteiro central consagrava-o Timóteo ao "Sinhô-velho", tronco da estirpe e generoso amigo que lhe dera carta d'alforria muito antes da Lei Áurea. Nasceu faceiro e bonito, cercado de tijolos novos vindos do forno para ali ainda quentes, e embutidos no chão como rude cíngulo de coral; hoje, semidesfeitos pela usura do tempo e tão tenros que a unha os penetra, esses tijolos esverdecem nos musgos da velhice.

Veludo de muro velho, é como chama Timóteo a essa muscínea invasora, filha da sombra e da umidade. E é bem isso, porque o musgo foge sempre aos muros secos, vidrentos, esfogueados de sol, para estender devagarinho o seu veludo prenunciador de tapera sobre os muros alquebrados, de emboço já carcomido e todo aberto em fendas.

Bem no centro erguia-se um nodoso pé de jasmim-do-cabo, de galhos negros e copa dominante, ao qual o zeloso guardião nunca permitiu que outra planta sobrexcedesse em altura. Simbolizava o homem que o havia comprado por dois contos de réis, dum importador de escravos de Angola.

– Tenha paciência, minha negra! – conversa ele com as roseiras de setembro, teimosas em espichar para o céu brotos audazes. Tenha paciência, que aqui ninguém olha de cima para o Sinhô-velho.

E sua tesoura afiada punha abaixo, sem dó, todos os rebentos temerários.

Cercando o jasmineiro havia uma coroa de periquitos, e outra menor cravinas.

Mais nada.

– Ele era um homem simples, pouco amigo de complicações. Que fique ali sozinho com o periquito e as irmãzinhas do cravo.

Dos outros canteiros dois eram em forma de coração.

– Este é o de Sinhazinha; e como ela um dia há de casar, fica a par dele o canteiro do "Sinhô-moço".

O canteiro de Sinhazinha era de todos o mais alegre, dando bem a imagem de um coração de mulher rico de todos as flores do sentimento. Sempre risonho, tinha a propriedade de prender os olhos de quantos penetravam no jardim. Tal qual a moça, que desde menina se habituara a monopolizar os carinhos da família e a dedicação dos escravos, chegando esta a ponto de, ao sobrevir a Lei Áurea, nenhum ter ânimo de afastar-se da fazenda. Emancipação? Loucura! Quem, uma vez cativo de Sinhazinha, podia jamais romper as algemas da doce escravidão?

Assim ela na família, assim o seu canteiro entre os demais. Livro aberto, símbolo vivo, crônica vegetal, dizia pela boca das flores toda a sua vidinha de moça. O pé de flor-de-noiva, primeira "planta séria" ali brotada, marcou o dia em que foi pedida em casamento. Até então só vicejavam neles flores alegres de criança:

– esporinhas, bocas-de-leão, "borboletas", ou flores amáveis da adolescência – amores-perfeitos, damas--entre-verdes, beijos-de-frade, escovinhas, miosótis.

Quando lhe nasceu, entre dores, o primeiro filho, plantou Timóteo os primeiros tufos de violeta.

– Começa a sofrer...

E no dia em que lhe morreu esse malogrado botãozinho de carne rósea, o jardineiro, em lágrimas, fincou na terra os primeiros goivos e as primeiras saudades. E fez ainda outras substituições: as alegres damas-entre-verdes cederam o lugar aos suspiros roxos, e a sempre-viva foi para o canto onde viçavam as ridentes bocas-de-leão.

Já o canteiro de Sinhô-moço revelava intenções simbólicas de energia. Cravos vermelhos em quantidade, roseiras fortes, ouriçadas de espinhos; palmas de Santa Rita, de folhas laminadas; junquilhos nervosos.

E tudo mais assim.

Timóteo compunha os anais vivos da família, anotando nos canteiros, um por um, todos os fatos dalgumas significações. Depois, exagerando, fez do jardim um canhenho de notas, o verdadeiro diário da fazenda. Registrava tudo. Incidentes corriqueiros, pequenas rusgas de cozinha, um lembrete azedo dos patrões, um namoro de mucama, um hóspede, uma geada mais forte, um cavalo de estimações que morria – tudo memorava ele, com hieróglifos vegetais, em seu jardim maravilhoso.

A hospedagem de certa família do Rio – pai, mãe e três sapequíssimas filhas – lá ficou assinalada por cinco pés de ora-pro-nóbis. E a venda do pampa calçudo, o melhor cavalo das redondezas, teve a mudança de dono marcada pela poda de um galho do jasmineiro.

Além desta comemoração anedótica, o jardim consagrava uma planta a subalterno ou animal doméstico. Havia a roseira-chá da mucama de Sinhazinha; o sangue-de-adão do Tibúrcio; a rosa-maxixe da mulatinha Cesária, sirigaita enredeira, de cara fuxicada como essa flor. O Vinagre, o Meteoro, a Manjerona, a Teteia, todos os cães que na fazenda nasceram e morreram, ali estavam lembrados pelo seu pezinho de flor, um resedá, um tufo de violetas, uma touça de perpétuas. O cão mais inteligente da casa, Otelo, morto hidrófobo, teve as honras duma sempre-viva rajada.

– Quem há de esquecer um bico daqueles, que até parecia gente?

Também os gatos tinham memória. Lá estava a cinerária da gata branca morta nos dentes do Vinagre, e o pé de alecrim relembrativo do velho gato Romão.

Ninguém, a não ser Timóteo, colhia flores naquele jardim. Sinhazinha o tolerava desde o dia em que ele explicou:

— Não sabem, Sinhazinha! Vão lá e atrapalham tudo. Ninguém sabe apanhar flor...

Era verdade. Só Timóteo sabia escolhê-las com intenção e sempre de acordo com o destino. Se as queriam para florir a mesa em dia de anos da moça, Timóteo combinava os buquês como estrofes vivas. Colhia-as resmungando:

— Perpétua? Não. Você não vai pra mesa hoje. É festa alegra. Nem você, dona violetinha!... Rosa-maxixe? Ah! Ah! Tinha graça a Cesária em festa de branco!...

E sua tesoura ia cortando os caules com ciência de mestre. Às vezes parava, a filosofar:

— Ninguém se lembra hoje do anjinho... Pra que, então, goivo nos vasos? Quieto fique aqui o senhor goivo, que não é flor de vida, é flor de cemitério...

E sua linguagem de flores? Suas ironias, nunca percebidas de ninguém? Seus louvores, de ninguém suspeitados? Quantas vezes não depôs na mesa, sobre um prato, um aviso a um hóspede, um lembrete à patroa, uma censura ao senhor, composto sob forma dum ramalhete? Ignorantes da língua do jardim, riam-se eles da maluquice do Timóteo, incapazes de lhe alcançar o fino das intenções.

Timóteo era feliz. Raras criaturas realizam na vida mais formoso delírio de poeta. Sem família, criara uma família de flores; pobre, vivia ao pé de um tesouro.

Era feliz, sim. Trabalhava por amor, conversando com a terra e as plantas – embora a copa e a cozinha implicassem com aquilo.

– Que tanto resmunga o Timóteo! Fica ali mamparreando horas, a cochichar, a rir, como se estivesse no meio duma criançada!...

É que na sua imaginação as flores se transfiguravam em seres vivos. Tinham cara, olhos, ouvidos... O jasmim-do-cabo, pois não é que lhe dava a benção todas as manhãs? Mal Timóteo aparecia, murmurando "A benção, Sinhô", e já o velho, encarnado na planta, respondia com voz alegre: "Deus te abençoe, Timóteo".

Contar isso aos outros? Nunca! "Está louco", haviam de dizer. Mas bem que as plantinhas falavam...

– E como não hão de falar, se tudo é criatura de Deus, hom'essa!...

Também dialogava com elas.

– Contentinha, hein? Boa chuva a de ontem, não?

– ...

– Sim, lá isso é verdade. As chuvas miúdas são mais criadeiras, mas você bem sabe que não é tempo. E o grilo? Voltou? Voltou, sim, o ladrão... E aqui roeu mais esta folhinha... Mas deixe estar, que eu curo ele!

E punha-se a procurar o grilo. Achava-o.

– Seu malfeitor!... Quero ver se continua agora a judiar das minhas flores.

Matava-o, enterrava-o. "Vira esterco, diabinho!"

Pelo tempo da seca era um regalo ver Timóteo a chuviscar amorosamente sobre as flores com o seu velho regador.– O sol seca a terra? Bobice!... Como se o Timóteo não estivesse aqui de chovedor na mão.

– Chega também, ué! Então quer sozinho um regador inteiro? Boa moda! Não vê que as esporinhas estão com a língua de fora?

– E esta boca-de-leão, ah! ah! está mesmo com uma boca de cachorro que correu veado! Tome lá, beba, beba!

– E você também, seu rosedá, tome lá seu banho pra depois, namorar aquela dona hortênsia, moça bonita do "zóio" azul...

E lá ia...

Plantas novas que abrolhavam o primeiro botão punham alvoroço de noivo no peito do poeta, que falava do acontecimento na copa provocando as risadinhas impertinentes da Cesária.

– Diabo do negro velho, cada vez caducando mais! Conversa com flor como se fosse gente.

Só a moça, com seu fino instinto de mulher, lhe compreendia as delicadezas do coração.

– Está aqui Sinhá, a primeira rainha margarida deste ano!

Ela fingia-se extasiada e punha a flor no corpete.

– Que beleza!

E Timóteo ria-se, feliz, feliz...

Certa vez falou-se na reforma do jardim.

— Precisamos mudar isto — lembrou-se o moço, de volta dum passeio a São Paulo. — Há tantas flores modernas, linda, enormes, e nós toda a vida com estas cinerárias, estas esporinhas, estas flores caipiras... Vi lá crisandálias magníficas, crisântemos deste tamanho e uma rosa nova, branca, tão grande que até parece flor artificial.

Quando soube da conversa, Timóteo sentiu gelo no coração. Foi agarrar-se com a moça. Ele também conhecia essas flores de fora, vira crisântemos na casa do Coronel Barroso, e as tais dálias mestiças no peito duma faceira, no leilão do Espírito Santo.

— Mas aquilo nem é flor, Sinhá! Coisas da estranja que o Canhoto inventa para perder as criaturas de Deus. Eles lá que plantem. Nós aqui devemos zelar das plantas de família. Aquela dália rajada, está vendo? É singela, não tem o crespo das dobradas; mas quem troca uma menina de sainha de chita cor-de-rosa por uma semostradeira da cidade, de muita seda no corpo, mas sem fé no coração? De manhã "fica assim" de abelhas e cuitelos em volta delas!... E eles sabem, eles não ignoram quem merece. Se as das cidades fossem mais de estimação, por que é que esses bichinhos de Deus ficam aqui e não vão pra lá? Não, Sinhá! É preciso tirar essa ideia da cabeça de Sinhô-moço. Ele é criança ainda, não sabe a vida. É preciso respeitar as coisas de dantes...

E o jardim ficou.

Mas um dia... Ah! Bem sentira-se Timóteo tomado de aversão pela família dos ora-pro-nóbis! Pressentimento puro... O ora-pro-nóbis pai voltou e esteve ali uma semana em conciliábulo com o moço. Ao fim deste tempo, explodiu como bomba a grande notícia: estava negociada a fazenda, devendo a escritura passar-se dentro de poucos dias.

Timóteo recebeu a nova como quem recebe uma sentença de morte. Na sua idade, tal mudança lhe equivalia a um fim de tudo. Correu a agarrar-se à moça, mas desta vez nada puderam contra as armas do dinheiro os seus pobres argumentos de poeta.

Vendeu-se a fazenda. E certa manhã viu Timóteo arrumarem-se no trole os antigos patrões, as mucamas, tudo o que constituía a alma do velho patrimônio.

– Adeus, Timóteo! – disseram alegremente os senhores-moços, acomodando-se no veículo.

– Adeus! Adeus!...

E lá partiu o trole, a galope... Dobrou a curva da estrada... Sumiu-se para sempre...

Pela primeira vez na vida Timóteo esqueceu de regar o jardim. Quedou-se plantando a um canto, a esmoer o dia inteiro o mesmo pensamento doloroso:

– Branco não tem coração...

Os novos proprietários eram gente da moda, amigos do luxo e das novidades. Entraram na casa com franzimentos de nariz para tudo.

– Velharias, velharias...

E tudo reformaram. Em vez da austera mobília de cabiúna, adotaram móveis pechisbeques, com veludinhos e friso. Determinaram o empapelamento das salas, a abertura de um hal l, mil coisas esquisitas...

Diante do jardim, abriram-se em gargalhadas. – É incrível! Um jardim destes, cheirando a Tomé de Sousa, em pleno século das crisandálias!

E correram-no todo, a rir, como perfeitos malucos.

– Olhe, Ivete, as esporinhas! É inconcebível que inda haja esporinhas no mundo!

– E periquito, Odete! Pe-ri-qui-to!... – disse uma das moças, torcendo-se em gargalhadas.

Timóteo ouvia aquilo com mil mortes n'alma. Não restava dúvida, era o fim de tudo, como pressentira: aqueles bugres da cidade arrasariam a casa, o jardim e o mais que lembrasse o tempo antigo. Queriam só o moderno.

E o jardim foi condenado. Mandariam vir o Ambrogi para traçar um plano novo, de acordo com a arte moderníssima dos jardins ingleses. Reformariam as flores todas, plantando as últimas criações da floricultura alemã. Ficou decidido assim.

– E para não perder tempo, enquanto o Ambrogi não chega ponho aquele macaco e me arrasar isto – disse o homem apontando para Timóteo.

– Ó tição, vem cá!

Timóteo aproximou-se com ar apatetado.

– Olha, ficas encarregado de limpar de limpar este mato e deixar a terra nuazinha. Quero fazer aqui um lindo jardim. Arrasa-me isto bem arrasadinho, entendes?

Timóteo, trêmulo, mal pôde engrolar uma palavra:

– Eu?

– Sim, tu! Por que não?

O velho jardineiro, atarantado e fora de si, repetiu a pergunta:

– Eu? Eu, arrasar o jardim?

O fazendeiro encarou-o, espantado da sua audácia, sem nada compreender daquela resistência.

– Eu? Pois me acha com cara de criminoso?

E, não podendo mais conter-se, explodiu num assomo estupendo de cólera – o primeiro e o único de sua vida.

– Eu vou mas é embora daqui, morrer lá na porteira como um cachorro fiel. Mas, olhe, moço, que hei de rogar tanta praga que isto há de virar um tapera de lacraias! A geada há de torrar o café. A peste há de levar até as vacas de leite! Não há de ficar aqui nenhuma galinha, nem um pé de vassoura! E a família

amaldiçoada, coberta de lepra, há de comer na gamela com os cachorros lazarentos!... Deixa estar, gente amaldiçoada! Não se assassina assim uma coisa que dinheiro nenhum paga. Não se mata assim um pobre negro velho que tem dentro do peito uma coisa que lá na cidade ninguém sabe o que é. Deixa estar, branco de má casta! Deixa estar, caninana! Deixa estar!...
E fazendo com a mão espalmada o gesto fatídico, saiu às arrecuas, repetindo cem vezes a mesma ameaça:
– Deixa estar! Deixa estar!
E longe, na porteira, ainda espalmava a mão para a fazenda, num gesto mudo:
– Deixa estar!
Anoitecia. Os curiangos andavam a espacejar silenciosamente voos de sombra pelas estradas desertas. O céu era todo um recamo fulgurante de estrelas.
Os sapos coaxavam nos brejos e vaga-lumes silenciosos piscavam piques de luz no sombrio das capoeiras.
Tudo adormecera na terra, em breve pausa de vida para o ressurgir do dia seguinte.
Só não ressurgirá Timóteo. Lá agoniza ao pé da porteira. Lá morre.
E lá encontrará a manhã enrijecido pelo relento, de borco na grama orvalhada, com a mão estendida para a fazenda num derradeiro gesto de ameaça:
– Deixa estar!...

O Casamento da Emília

Durou uma semana o noivado de Emília. Todas as tardes, trazido à força por Pedrinho, aparecia o Marquês de Rabicó para visitar a noiva, e tinha de ficar meia hora na sala, contando casos e dizendo palavras de amor.

Mas apesar de noivo o Rabicó não perdia os seus instintos. Logo que entrava punha-se a farejar a sala, na sua eterna preocupação de descobrir o que comer. Além disso, não prestava a menor atenção à conversa. Não havia nascido para aquelas cerimônias.

Uma tarde, Pedrinho zangou-se e resolveu substituí-lo por um representante.

— Rabicó não vale a pena — disse ele aborrecido. — Não sabe brincar, não se comporta. O melhor é isto, querem ver? — e saiu.

Foi ao quintal e trouxe um vidro vazio de óleo de rícino que andava jogado por lá.

— Esta aqui. De agora em diante o noivo será representado por este vidro azul, e o tal Marquês de Rabicó vai passear — concluiu pregando um pontapé no noivo.

Rabicó raspou-se gemendo três coins , e desde esse dia, enquanto fossava a terra no pomar atrás da tal minhoca de anel na barriga, quem noivava por ele, de cartola na cabeça, era o senhor Vidro Azul.

Emília comportava-se muito bem embora de vez em quando viesse com impertinências.

– Eu já disse a Narizinho: caso, mas com uma condição.

– Eu sei qual é! – adivinhou o senhor Vidro Azul. – Não quer morar na casa do Marquês, com certeza porque não se dá bem com o futuro sogro, os Visconde de Sabugosa.

– Isso não! Até gosto muito do senhor Visconde. O que não quero é sair daqui. Estou muito acostumada.

– O senhor Vidro Azul coçou o gargalo.

– Sim, mas...

– Não tem mas, nem meio mas! Quem manda neste casamento sou eu. O Marquês fica por lá e eu fico por cá – declarou Emília, toda espevitadinha e de nariz torcido.

O representante do noivo suspirou.

– Que pena! O Senhor Marquês já mandou construir um castelo tão bonito, de ouro e marfim, com um grande lago na frente...

Emília deu uma risada.

– Eu conheço os lagos do Marquês! São como aquele célebre "lago azul" que certa vez prometeu à Libelinha lá do Reino das Abelhas.

O senhor Vidro Azul atrapalhou-se. Viu que Emília não era nada tola e não se deixava enganar facilmente. Procurou remendar.

– Sim, um lago. Não digo um grande lago, mas um pequeno lago, um tanque...

– Uma lata d'água, diga logo! – completou Emília mordendo os beiços.

Narizinho interveio, repreensiva.

– Você esta aqui para noivar, Emília, para dizer coisas bonitas e amáveis, e não para brigar com o representante do Marquês. Veja lá, hein?

E dirigindo ao representante:

– O Senhor Marquês não escreveu ainda uns versos para a sua amada noivinha?

– Escreveu, sim – respondeu o Vidro Azul, metendo a mão no gargalo e sacando um papelzinho. – Aqui estão eles.

E recitou:

Pirulito que bate bate,
Pirulito que já bateu,
Quem adora o Marquês é ela.
Quem adora Emília sou eu.

– Bravos! – exclamou Narizinho batendo palmas. – São lindos esses versos! O Marquês é um grande poeta!...

Emília, porém, torceu o nariz e até ficou meio danadinha.

– O verso esta todo errado! Vou casar-me com Rabicó mas não "adoro" coisa nenhuma. Tinha graça eu "adorar" um leitão!

Narizinho bateu o pé e franziu a testa.

– Emília, tenha modos! Não é assim que se trata um poeta. Você vai ser marquesa, vai viver em salões e precisa saber fingir, ouviu?

Depois, voltando-se para o representante:

– Peço-lhe mil desculpas, senhor Vidro Azul! Emília tem a mania de ser franca. Nunca viveu em sociedade e ainda não sabe mentir. Não é aqui como o nosso Visconde de Sabugosa, que fala, fala e ninguém sabe nunca o que ele realmente esta pensando, não é verdade?

O Visconde fez um gesto que tanto podia ser sim como não.

Desse modo conversavam todas as noites, longo tempo, até que vinha o chá. Chá de mentira com torradas de mentira. Depois do chá, se despediam.

Passada uma semana, a menina queixou-se a Dona Benta:

– Este noivado esta me acabando com a vida, vovó. Todas as noites, tenho de fazer sala para os noivos. Como isto cansa!...

– Mas que é que esta faltando para o casamento, menina?

– Os doces, vovó...

– Já sei. Já sei. Pois tome lá estes níqueis e mande vir os doces.

Como era justamente aquilo que Narizinho queria, lá se foi aos pinotes, com os níqueis cantando na mão.

Chegou afinal o grande dia e vieram os grandes doces: seis cocadas, seis pé-de-moleque e uma rapadura, doce mais que suficiente para uma festa em quase todos os convidados ia comer de mentira.

Pedrinho armou a mesa da festa debaixo de uma laranjeira do pomar e botou em redor todos os convivas.

Lá estavam Dona Benta, Tia Nastácia e vários conhecidos e parentes, todos representados por pedras, tijolos e pedaços de pau. O inspetor de quarteirão, um velho amigo de Dona Benta que às vezes aparecia pelo Sítio do Picapau Amarelo, era figurado por um toco de pau com uma dentadura de casca de laranja na boca.

Chegou a hora. Vieram vindo os noivos. Emília, de vestido branco e véu; Rabicó, de cartola e faixa de seda em torno do pescoço. Vinha muito sério, mas assim que se aproximou da mesa e sentiu o cheiro das cocadas, ficou de água na boca, assanhadíssimo. Não viu mais nada.

Logo depois veio o padre e casou-os. Narizinho abraçou Emília e chorou lágrima de verdade, dando-lhe muitos conselhos. Depois, como a boneca não tivesse dedos, enfiou-lhe no braço um anelzinho seu. Pedrinho fez o mesmo com o Marquês; enfiou-lhe no braço uma aliança de laranja, que Rabicó por duas vezes tentou comer.

Os outros animais do Sítio, as cabras, as galinhas e os porcos, também assistiram à festa, mas de longe.

Olhavam, olhavam, sem compreenderem coisa nenhuma.

Terminada a festa, Narizinho disse:

— E agora, Pedrinho?

— Agora — respondeu ele — só falta a viagem de núpcias.

Mas a menina estava cansada e não concordou. Propôs outra coisa. Puseram-se a discutir e esqueceram de tomar conta da mesa de doces. Rabicó aproveitou a ocasião. Foi se chegando para perto das cocadas e de repente — nhoc! Deu um bote na mais bonita.

— Acuda os doces, Pedrinho! — berrou a menina.

Pedrinho virou-se e, vendo a feia ação do pirata, correu para cima dele, furioso. Agarrou o inspetor de quarteirão e arrumou uma valente inspetorada no lombo do porquinho...

— Cachorro! Ladrão! Marquês duma figa!...

Rabicó deu um berro espremido e disparou pelo campo, mas sem largar a cocada.

Como era de prever, não podia dar bom resultado aquele casamento. O gênios não se combinavam e, além disso, a boneca não podia consolar-se do logro que levara.

Narizinho ainda tentou convencê-la de que Rabicó era realmente príncipe e Pedrinho só dissera aquilo porque estava danado. Não houve meio. Quando Emília desconfiava, era toda a vida. E desse modo ficou casada com Rabicó, mas dele separada para sempre.

– Esta aí o que você fez! – costumava dizer em voz queixosa. – Casou-me com um príncipe de mentira e agora, esta aí, esta aí...

Narizinho dava-lhe esperanças.

– Tudo se arruma. Um dia, ele morre e eu caso você com o Visconde ou outro qualquer.

As Fitas da Vida

Perambulávamos ao sabor da fantasia, noite adentro, pelas ruas feias do Brás, quando nos empolgou a silhueta escura duma pesada mole tijolácea, com aparência de usina vazia de maquinismos.

— Hospedaria dos Imigrantes — informa o meu amigo.

— É aqui, então...

Paramos a contemplá-la. Era ali a porta do Oeste Paulista, essa Canaã em que o ouro espirra do solo; era ali a antessala da Terra Roxa — essa Califórnia do rubídio, oásis cor de sangue coalhado onde cresce a árvore do Brasil de amanhã, uma coisa um pouco diferente do Brasil de ontem, luso e perro; era ali o ninho da nova raça, liga, amálgama, justaposição de elementos étnicos que temperam o neobandeirante industrial, antijeca, antimodorra, vencedor da vida à moda americana.

Onde pairam os nossos Walt Whitmans, que não veem estes aspectos do país e os não põem em cantos? Que crônica, que poema não daria aquela casa da Esperança e do Sonho! Por ela passaram milhares de criaturas humanas, de todos os países e de todas as raças, miseráveis, sujas, com o estigma das privações impresso nas faces — mas refloridas de esperança ao calor do grande sonho da América. No fundo, heróis, porque só os heróis esperam e sonham.

Emigrar: não pode existir fortaleza maior. Só os fortes atrevem-se a tanto. A miséria do torrão natal cansa-os e eles se atiram à aventura do desconhecido, fiando na paciência dos músculos a vitória da vida. E vencem.

Ninguém, ao vê-los na Hospedaria, promíscuos, humildes, quase muçulmanos na surpresa da terra estranha, imagina o potencial de força neles acumulado, à espera de ambiente propício para explosões magníficas.

Cérebro e braço do progresso americano, gritam o Sésamo às nossas riquezas adormidas. Estados Unidos, Argentina, São Paulo devem dois terços do que são a essa varredura humana, trazida a granel para aterrar os vazios demográficos das regiões novas. Mal cai no solo novo, transforma-se, floresce, dá de si a apojadura farta com que se aleita a Civilização.

Aquela Hospedaria... Casa do Amanhã, corredor do futuro...

Por ali desfilam, inconscientes, os formadores duma raça nova.

— Dei-me com um antigo diretor desta almanjarra — disse o meu companheiro —, ao qual ouvi muita coisa interessante acontecida cá dentro. Sempre que passo por esta rua, avivam-se-me na memória vários episódios sugestivos, e entre eles um, romântico, patético, que até parece arranjo para terceiro ato de dramalhão lacrimogêneo. O romantismo, meu caro, existe na natureza, não é invenção dos Hugos; e agora que se fez cinema, posso assegurar-te que muitas vezes a vida plagia o cinema escandalosamente.

"Foi em 1906, mais ou menos. Chegara do Ceará, então flagelado pela seca, uma leva de retirantes com destino à lavoura de café, na qual havia um cego, velho de mais de sessenta anos. Na sua categoria dolorosa de indesejável, por que cargas-d'água dera com os costados aqui? Erro de expedição, evidentemente. Retirantes que emigram não merecem grande cuidado dos prepostos ao serviço. Vêm a granel, como carga incômoda que entope o navio e cheira mal. Não são passageiros, mas fardos de couro vivo com carne magra por dentro, a triste carne de trabalho, irmã da carne de canhão.

Interpelado o cego por um funcionário da Hospedaria, explicou sua presença por engano de despacho. Destinavam-no ao Asilo dos Inválidos da Pátria, no Rio, mas pregaram-lhe às costas a papeleta do 'Para o eito' e lá veio. Não tinha olhos para guiar-se, nem teve olhos alheios que o guiassem. Triste destino o dos cacos de gente...

"— Por que para o Asilo dos Inválidos? — perguntou o funcionário. — É voluntário da Pátria?

"— Sim — respondeu o cego —, fiz cinco anos de guerra no Paraguai e lá apanhei a doença que me pôs a noite nos olhos. Depois que ceguei caí no desamparo. Para que presta um cego? Um gato sarnento vale mais.

"Pausou uns instantes, revirando nas órbitas os olhos esbranquiçados. Depois:

"— Só havia no mundo um homem capaz de me socorrer: o meu capitão. Mas, esse, perdi-o de vista. Se o encontrasse — tenho a certeza! —, até os olhos me era ele capaz de reviver. Que homem! Minhas desgraças todas vêm de eu ter perdido meu capitão...

"— Não tem família?

"— Tenho uma menina — que não conheço. Quando veio ao mundo, já meus olhos eram trevas.

"Baixou a cabeça branca, como tomado de súbita amargura.

"— Daria o que me resta de vida para vê-la um instantinho só. Se o meu capitão...

"Não concluiu. Percebera que o interlocutor já estava longe, atendendo ao serviço, e ali ficou, imerso na tristeza infinita da sua noite sem estrelas.

"O incidente, entretanto, impressionara o funcionário, que o levou ao conhecimento do diretor. O diretor da Imigração era nesse tempo o major Carlos, nobre figura de paulista dos bons tempos, providência humanizada daquele departamento. Ao saber que o cego fora um soldado de 70, interessou-se e foi procurá-lo. Encontrou-o imóvel, imerso no seu eterno cismar.

"— Então, meu velho, é verdade que fez a campanha do Paraguai? "O cego ergueu a cabeça, tocado pela voz amiga. "— Verdade, sim, meu patrão. Fui soldado do 33.

"— O 33 de São Paulo? Como isso, se você é do Norte? — objetou o major. "— Verdade, sim, meu patrão. Vim no 13, e logo depois de chegar ao império do Lopes entrei em fogo. Tivemos má sorte. Na batalha de Tuiuti nosso batalhão foi dizimado como milharal em tempo de chuva de pedra. Salvamo-nos eu e mais um punhado de camaradas. Fomos incorporados ao 33 paulista para preenchimento dos claros, e nele fiz o resto da campanha.

"O major Carlos também era veterano do Paraguai, e por coincidência servira no 33. Interessou-se, pois, vivamente pela história do cego, pondo-se a interrogá-lo a fundo.

"— Quem era o seu capitão?
"O cego suspirou.
"— Meu capitão era um homem que se eu o encontrasse de novo até a vista me era capaz de dar! Mas não sei dele, perdi-o — para mal meu...

"— Como se chamava?

"— Capitão Boucault.

"Ao ouvir esse nome o major sentiu eletrizarem-se-lhe as carnes num arrepio intenso; dominou-se, porém, e prosseguiu:

"— Conheci esse capitão. Foi meu companheiro de regimento. Mau homem, por sinal, duro para com os soldados, grosseiro...

"O cego, até ali vergado na atitude humilde do mendigo, ergueu altivamente o busto e, com indignação a fremir na voz, disse com firmeza:

"— Pare aí! Não blasfeme! O capitão Boucault era o mais leal dos homens, amigo, pai do soldado. Perto de mim ninguém o insulta. Conheci-o em todos os momentos, acompanhei-o durante anos como sua ordenança e nunca o vi praticar o menor ato de vileza.

"O tom firme do cego comoveu estranhamente o major. A miséria não conseguira romper no velho soldado as fibras da lealdade, e não há espetáculo mais arrebatador do que o de uma lealdade assim vivedoira até aos limites extremos da desgraça. O major, quase rendido, sobresteve-se por um instante.

Depois, friamente, prosseguiu na experiência.

"— Engana-se, meu caro. O capitão Boucault era um covarde...

Um assomo de cólera transformou as feições do cego. Seus olhos anuviados pela catarata revolveram-

-se nas órbitas, num horrível esforço para ver a cara do infame detrator. Seus dedos crisparam-se; todo ele se retesou, como fera prestes a desferir o bote. Depois, sentindo pela primeira vez em toda a plenitude a infinita fragilidade dos cegos, recaiu em si, esmagado. A cólera transfez-se-lhe em dor, e a dor assomou-lhe aos olhos sob forma de lágrimas. E foi lacrimejando que murmurou em voz apagada:

"— Não se insulta assim um cego...

"Mal pronunciara estas palavras, sentiu-se apertado nos braços do major, também em lágrimas, que dizia:

"— Abrace, amigo, abrace o seu velho capitão! Sou eu o antigo capitão Boucault...

"Na incerteza, aparvalhado ante o imprevisto desenlace e como receoso de insídia, o cego vacilava.

"— Duvida? — exclamou o major. — Duvida de quem o salvou a nado na passagem do Tebiquari?

"Àquelas palavras mágicas a identificação se fez e, esvanecido de dúvidas, chorando como criança, o cego abraçou-se com os joelhos do major Carlos Boucault, a exclamar num desvario:

"— Achei meu capitão! Achei meu pai! Minhas desgraças se acabaram!..."

"E acabaram-se de fato.

"Metido num hospital sob os auspícios do major, lá sofreu a operação da catarata e readquiriu a vista.

"Que impressão a sua quando lhe tiraram a venda dos olhos! Não se cansava de 'ver', de matar as saudades da retina. Foi à janela e sorriu para a luz que inundava a natureza. Sorriu para as árvores, para o céu, para as flores do jardim. Ressurreição!...

"— Eu bem dizia! — exclamava a cada passo. — Eu bem dizia que se encontrasse o meu capitão estava findo o meu martírio. Posso agora ver minha filha! Que felicidade, meu Deus!...

"E lá voltou para a terra dos verdes mares bravios onde canta a jandaia.

Voltou a nado — nadando em felicidade. A filha, a filha!...

"— Eu não dizia? Eu não dizia que se encontrasse o meu capitão até a luz dos olhos me havia de voltar?"

Um homem honesto

— Excelente criatura! Dali não vem mal ao mundo. E honesto, ah! honesto como não existe outro — era o que todos diziam do João Pereira.

João Pereira trabalhava em repartição pública. Estivera a princípio num tabelionato e depois no comércio como caixeiro do empório Ao Imperador dos Gêneros.

Deixou o empório por discordância com a técnica comercial do imperante, que toda se resumia no velhíssimo lema: gato por lebre. E deixou o cartório por não conseguir aumentar com extras o lucro legal do honradíssimo tabelião. Atinha-se ao regimento de custas, o ingênuo, como se aquilo fora a tábua da lei de Moisés, coisa sagrada.

Na repartição vegetava já de dez anos sem conseguir nunca mover passo à frente. Ninguém se empenhava por ele, e ele, por honestidade, não orgulho, era incapaz de recorrer aos expedientes com tanta eficácia empregados pelos colegas na luta pela promoção.

— Quero subir por merecimento, legalmente, honestamente! — costumava dizer, provocando risinhos piedosos nos lábios dos que "sabem o que é a vida".

João Pereira casara cedo, por amor — não compreendia outra forma de casamento — e já tinha duas filhas mocetonas. Como fossem sobremaneira curtos os seus vencimentos, a pequena família remediava-se com a renda complementar dos trabalhos caseiros. Dona Maricota fazia doces; as meninas faziam crochê — e lá empurravam a pulso o carrinho da vida.

Viviam felizes. Felizes, sim! Nenhuma ambição os atormentava e o ser feliz reside menos na riqueza do que nessa discreta conformidade dos humildes.

— Haja saúde que vai tudo muito bem — era o moto de João Pereira e dos seus.

Mas veio um telegrama...

Nos lares humildes telegrama é acontecimento de monta, anunciador certo de desgraça. Quando o estafeta bate na porta e entrega o papelucho verde, os corações tumultuam violentos.

— Que será, santo Deus?

Não anunciava desgraça aquele. Um tio de João Pereira, residente no interior, convidava-o a servir de padrinho no casamento da filha.

Era distinção inesperada e Pereira, agradecido, foi. E muito naturalmente foi de segunda classe, porque nunca viajara de primeira, nem podia.

Bem recebido, apesar de sua roupa preta fora da moda, funcionou gravemente de testemunha, disse aos nubentes as chalaças do uso, comeu os doces da festa, beijou a afilhada e no dia seguinte se fez de volta.

Acompanharam-no à estação o tio e os noivos, amáveis e contentes; mas protestaram indignados ao vê-lo meter a maleta num carro de segunda.

— Não admitimos!... Tem que ir de primeira.

— Mas se já comprei o bilhete de volta...

— É o de menos — contraveio o tio. — Mais vale um gosto do que quatro vinténs. Pago a diferença. Tinha graça!...

E comprou-lhe bilhete de primeira, sacudindo a cabeça:

— Este João...

João Honesto, assim forçado, pela primeira vez na vida embarcou em vagão de luxo, e o conforto do Pullman, mal o trem partiu, levou-o a meditar sobre as desigualdades humanas. A conclusão foi dolorosa. Verificou que é a pobreza o maior de todos os crimes, ou, pelo menos, o mais severa e implacavelmente punido.

Aqui, por exemplo, neste vagão dos ricos, refletia ele: poltronas de couro, boas molas no truck, asseio meticuloso, janelas amplas, criado às ordens. Tudo pelo melhor. Já nos carros dos pobres é o reverso, demonstrando-se o propósito de castigar com requinte de crueldade o crime de pobreza dos que neles embarcam. Nada de molas nos trucks para que o rodar áspero, solavancado, faça padecer a carne humilde.

Nos bancos de tábua, tudo reto e anguloso, sem sequer um boleio que favoreça o repouso das nádegas. Bancos feitos de tabuinhas estreitas, separadas entre si de modo a martirizar o corpo. O espaldar — uma tábua a prumo — vai só até meia altura, negando assim a esmolinha dum apoio à triste cabeça do "sentado". Bancos, em suma, que parecem estudados pacientemente por grandes técnicos da judiaria com o fim de obter o mínimo de comodidades no máximo de possibilidades torturantes. As janelas sem vidraças, só de venezianas, dir-se-iam ajeitadas ao duplo fim de impedir o recreio da vista e canalizar para dentro todo o pó de fora. Nada de lavatórios: o pobre deve ser mantido na sujeira. Água para beber? Vá ter sede na casa do senhor seu sogro! João sorriu. Veio-lhe à ideia lindo "melhoramento" escapo à sagacidade dos técnicos: encanar para dentro dos vagões de segunda a fumaça quente da locomotiva.

— Incrível não terem ainda pensado nisso!...

Lembrou-se depois dos teatros, e viu que eram a mesma coisa. As torrinhas são construídas de jeito a manter bem viva na consciência do espectador a sua odiosa condição social.

— És pobre? Toma! Aguenta a dor de espinha do banco sem espaldar nos trens e nos teatros resigna-te a não ver nem ouvir o que vai no palco.

João Pereira ainda filosofava estas desconsoladoras filosofias quando o trem chegou.

Desembarcaram todos — à rica, pacotes e malas por mãos de solícitos carregadores. Só ele conduzia a sua, pequenina mala barata de papelão a fingir couro.

Saiu. Na rua, porém...

— Diário Popular, Plateia...

... lembrou-se dum jornal comprado em caminho e que deixara no carro. Não vale nada um jornal lido? Vale, sim, e tanto que Pereira voltou depressa a buscá-lo. Sempre é um bocado a mais de papel na casa. Ao penetrar no Pullman vazio tropeçou num pacote largado no chão.

— Não sou eu só o esquecido! — refletiu Pereira a sorrir, apanhando-o.

A curiosidade não é privilégio das mulheres. João apalpou o pacote, cheirou-o e por fim rasgou de leve um canto do invólucro.

— Dinheiro!

Era dinheiro, muito dinheiro, um pacotão de dinheiro!

Pereira sentiu um tremelique de alma e corou. Se o vissem naquele momento, sozinho no carro, com o pacote a queimar-lhe as mãos... "Pega o larápio!" Esqueceu do jornal lido e partiu incontinênti à procura do chefe da estação.

— Dá licença?

O chefe interrompeu o que fazia e olhou-o com displicência.

— Encontrei num carro do expresso este pacote de dinheiro.

À mágica voz de dinheiro o chefe perfilou-se e, arregalando os olhos num dos bons assombros da sua vida, exclamou pateticamente:

— Dinheiro?!...

— Sim, dinheiro — confirmou João. — Num carro do expresso. Eu voltava de Himenópolis, e ao desembarcar...

— Deixe ver, deixe ver...

João depôs sobre a mesa o pacote. Com os óculos erguidos para a testa, o chefe desfez o amarrilho, desembrulhou o bolo e assombrado viu que era na verdade dinheiro, muito dinheiro, um dinheirão!

Contou-o, com dedos comovidos.

Pasmou. Encarou a fito o homem sobrenatural.

— Trezentos e sessenta contos!

Piscou. Abriu a boca. Depois, erguendo-se, disse em tom sincero, espichando-lhe a mão:

— Quero ter a honra de apertar a mão do homem mais honesto que ainda topei na vida. O senhor é a própria honestidade sob forma humana. Toque!

João apertou-lha humildemente e também a de outros auxiliares que se haviam aproximado.

— O seu caso — continuou o chefe — marcará época. Há trinta anos que sirvo nesta companhia e nunca tive conhecimento de coisa idêntica. Dinheiro perdido é dinheiro sumido. Só não é assim quando o encontra um... como é o seu nome?

— João Pereira, para o servir.

— Um João Pereira, o Honrado. Toque de novo!

João saiu nadando em delícias. A virtude tem suas recompensas, deixem falar, e a consciência dum ato como aquele cria na alma inefável estado de êxtase. João sentia-se muito mais feliz do que se tivera no bolso, suas para sempre, aquelas três centenas de contos.

Em casa narrou o fato à mulher, minuciosamente, sem todavia indicar o quantum achado.

— Fez muito bem — aprovou a esposa. — Pobres, mas honrados. Um nome limpo vale mais do que um saco de dinheiro. Eu sempre o digo às meninas e puxo o exemplo deste nosso vizinho da esquerda, que está rico, mas sujo como um porco.

João abraçou-a comovido e tudo teria ficado por ali se o demônio não viesse espicaçar a curiosidade da honrada mulher. Dona Maricota, depois do abraço, interpelou-o:

— Mas quanto havia no pacote?

— Trezentos e sessenta contos.

A mulher piscou seis vezes, como se jogada de areia nos olhos.

— Quan... quan... quanto?

— Tre-zen-tos e ses-sen-ta!

Dona Maricota continuou a piscar por vários segundos. Em seguida arregalou os olhos e abriu a boca. A palavra dinheiro nunca lhe sugerira a ideia de contos. Pobre que era, dinheiro significava-lhe cem, duzentos, no máximo quinhentos mil-réis. Ao ouvir a história do pacote imaginou logo que se trataria aí duns centos de mil-réis apenas. Quando, porém, soube que a soma atingia a vertigem de trezentos e sessenta contos, sofreu o maior abalo de sua existência. Esteve uns momentos estarrecida, com as ideias fora do lugar. Depois, voltando a si de salto, avançou para o marido num acesso de cólera histérica, agarrou-o pelo colarinho, sacudiu-o nervosamente.

— Idiota! Trezentos e sessenta contos não se entregam nem à mão de Deus Padre! Idiota! Idiota!... Idioooota...

E caiu numa cadeira, tomada de choro convulso.

João pasmou. Seria possível que morasse tantos anos com aquela criatura e ainda lhe não conhecesse a alma a fundo? Tentou explicar-lhe que seria absurdo variar de proceder só porque variava a quantia; que tanto é ladrão quem furta um conto como quem furta mil; que a moral...

Mas a mulher o interrompeu com outra série de "idiotas" esganiçados, histéricos, e retirou-se para o quarto, descabelando-se, louca de desespero.

As filhas estavam na rua; quando voltaram e souberam do caso, puseram-se incontinenti ao lado da mãe, furiosíssimas contra a tal honestidade que lhes roubava uma fortuna.

— Você, papai...

João quis impor a sua autoridade paterna. Ralhou e fê-las ver quão indecoroso era pensarem de semelhante maneira. Foi pior. As meninas riram-se, escarninhas, e deram de suspirar com o pensamento posto na vida de regalos que teriam se o pai possuísse melhor cabeça.

— Automóvel, um bangalô em Higienópolis, meias de seda...

—... com baguettes...

—... chapéus de Mme. Lucille, vestido de tafetá...

— Tafetá? Seda lamée!...

— Meninas! — esbravejou Pereira. — Eu não admito!

Elas sorriram com ironia e retiraram-se da sala, murmurando com desprezo.

— Coitado! Até dá dó!

Aquele nunca imaginado desrespeito magoou-o inda mais do que a repulsa da mulher. Pois quê?! Ter aquela recompensa uma vida inteira de sacrifícios norteados no culto severo da honra? Insultos da esposa, censura e sarcasmo das filhas? Teria, acaso, errado? Verificou que sim. Errara num ponto. Devia ter entregado o dinheiro em segredo, de modo que ninguém viesse a ter notícia do incidente...

Os jornais do dia seguinte trouxeram notas sobre o grande acontecimento. Louvaram com calor aquele "gesto raro, nobilíssimo, denunciador das finas qualidades morais que alicerçam o caráter do nosso povo".

A mulher leu a notícia em voz alta, por ocasião do almoço, e como não houvesse sobremesa disse à filha:

— Leva, Candoca, leva este elogio ao armazém e vê se nos compra com ele meio quilo de marmelada...

João encarou-a com infinita tristeza. Não disse palavra. Largou o prato, ergueu-se, tomou o chapéu e saiu.

Na repartição consolou-se. Receberam-no com parabéns e louvores.

— O teu ato é daqueles que nobilitam a espécie humana — disse, dando-lhe a mão, um companheiro. — Toque.

Pereira apertou-lha, mas já sem comoção nenhuma, preferindo no íntimo que não lhe falassem naquilo.

Estavam todos curiosos de saber como fora a coisa e rodearam-no.

— Conta por miúdo a história, João.

— Muito simples — respondeu ele com secura. — Encontrei um pacote de dinheiro que não era meu e entreguei-o, aí está.

— Ao dono?

— Não. A um chefe, a um chefe lá...

— Muito bem, muito bem. Mas escuta: não devias ter entregado o dinheiro antes de saber a quem pertencia.

— Perfeitamente — acudiu outro. — Antes de saber a quem pertencia e antes que o dono reclamasse...

—... e provasse — pro-vas-se, entendes? — que era dele! — concluiu um terceiro.

João irritou-se.

— Mas que é que têm vocês com isso? Fiz o que a minha consciência ordenava e pronto! Não compreendo essa meia honestidade que vocês preconizam, ora bolas!

— Não se abespinhe, amigo. Estamos dando nossa opinião sobre um fato público que os jornais noticiaram. Você hoje é um caso — e os casos debatem - se.

O chefe de seção entrou nesse momento. A palestra cessou. Cada qual foi para sua mesa e João absorveu-se no trabalho, de cara amarrada e coração pungido.

À noite, na cama, já mais conformada, dona Maricota voltou ao assunto.

— Você foi precipitado, João. Não devia ter tanta pressa em entregar o pacote. Por que não o trouxe primeiro aqui? Eu queria ao menos ver, pegar...

— Que ideia! "Ver, pegar"...

— Já contenta uma pé-rapada como eu, que nunca enxergou pelega de quinhentos. Trezentos e sessenta contos!...

— Não suspire assim, Maricota! Basta a cena de ontem...

— Impossível. É mais forte do que eu...

— Mas, venha cá, Maricota, fale sinceramente, fale de coração: acha mesmo que fiz mal procedendo honestamente?

— Acho que você devia ter trazido o dinheiro e devia consultar-me. Guardávamos o pacote e esperávamos que o dono o reclamasse — e provasse — pro--vas-se que era dele...

— Dava na mesma. Esse dinheiro nunca seria meu.

— Ficava sendo, é boa! Mas, olhe, João, você nunca pensou bem. Você não tem boa cabeça. É por isso que vivemos toda a vida esta vidinha miserável, comendo o pão que o diabo amassou...

— "Vidinha miserável!"... Sempre fomos felizes, nunca percebemos que éramos pobres...

— Sim, mas percebo-o agora, porque só agora nos surgiu a ocasião de enriquecer. Foi uma sorte grande que Deus nos mandou.

— "Deus..."

— Deus, sim, e você o ofendeu afastando-a com o pé. Poderíamos estar ricos, fazendo caridade, beneficiando os doentes... Quanta coisa! Mas a tal honestidade...

— "A tal honestidade!..."

— Sim, sim! Tudo tem conta na vida, homem! Ladrão é quem furta um; quem pega mil é barão, você bem sabe. Veja os seus companheiros. O Nunes, que começou com você no cartório, já ronca automóvel e tem casa.

— Mas é um gatuno!

— Gatuno, nada! O Claraboia, esse já tem fábrica de chapéus. O seu Miguel — até quem, meu Deus! — comprou outro dia um terrenão em Vila Mariana.

— Mas é um passador de nota falsa, mulher!

— Passador de nota falsa, nada! Tem boa cabeça, é o que é. Não vai na onda. Não é um trouxa como você...

E não teve mais arranjo a vida do homem honrado. Adeus, paz! Adeus, concórdia! Adeus, humildade! A casa tornou-se-lhe um perfeito inferno. Só se ouviam suspiros, palavras duras. João perdeu a esposa. Impossível reconhecer na meiga companheira de outrora a criatura amarga, irredutível de ideias, que a visão dos trezentos e sessenta contos produzira.

E aquele coro que com ela faziam as meninas, sempre irônicas, sarcásticas...

— O vestido da Climene custou quinhentos mil-réis. Quando teremos um assim!

— Pois, olhe, às vezes a gente acha na rua vestidos assim, não um, mas centenas...

— Que adianta? Acha, mas desacha...

E suspiros.

Também na repartição foi-se-lhe o sossego. Todos os dias torturavam-no com alusões e indiretas irônicas.

Certa vez um dos colegas disse logo ao entrar:

— Sabem? Encontrei na rua um lindo broche de brilhantes.

— E levaste-o logo ao chefe, digo, ao Gabinete dos Objetos Achados...

— Não sou nenhum trouxa! Levei-o, sim, ao prego. Deu-me trezentos e sessenta mil-réis — e desde já vos convido a todos para uma vasta farra no domingo próximo.

— Vai também, seu Pereira?

— Não dá a honra... É um homem honeeeesto... Raça privilegiada, superior, que não se mistura, que não liga... Pois vamos nós, beber à beça, beber o broche inteirinho! Nem todos nascem com vocação para santo do calendário.

E o pior foi que desde o malfadado encontro do dinheiro João Pereira entrou a decair socialmente. Parentes e conhecidos deram de fazer pouco-caso do "trouxa". Se alguém lhe lembrava o nome para algum negócio, era fatal o sorrisinho de piedade.

— Não serve, o João não serve. É um coitado... Convenceram-se todos de que João Pereira não era "um homem do seu tempo". O segredo de todas as vitórias está em ser um homem do seu tempo...

Seis meses depois o descalabro da casa era completo. Perdida a alegria de outrora, dona Maricota azedara de gênio. Vivia num desânimo, lambona, descuidada dos afazeres domésticos, sempre aos suspiros.

— Para que lutar? Nunca sairemos disto... As ocasiões não aparecem duas vezes e quem deixa de agarrá-las pelos cabelos está perdido.

Aquele desleixo agravou a situação financeira da casa. Todos os encargos recaíam agora sobre os ombros do chefe, cujo ordenado não aumentava.

João enojou-se da vida e perdeu o ânimo de vivê-la até o fim. Desejou a morte e acabou pensando no suicídio. Só a morte poria termo àquele martírio de todos os momentos, forte demais para uma alma bem formada como a sua.

Um dia o proprietário do prédio suspendeu o aluguel. Dona Maricota deu a notícia ao marido, cheia de indiferença.

— Esteve cá o homem da casa e disse que do próximo mês em diante são mais cinquenta...

— ?!...

— Mais cinquenta mil-réis, sim, ali na ficha! Ou, então, olho da rua!

— Mas é uma exploração miserável! — exclamou Pereira. — A casa é um pardieiro e nós não podemos, positivamente não podemos...

— Pois é. E quando uns diabos destes perdem pacotes — porque você bem sabe que só eles possuem pacotes para perder —, inda aparece quem lhos restitua... Você está vendo agora como eles formam os tais pacotes. Arrancando o pão da boca duns miseráveis como nós — dos honestos...

— Pelo amor de Deus, Maricota, não me fale mais assim que sou capaz duma loucura!...

— Está arrependido? Está convencido de que foi tolo? Pois quando encontrar outro pacote faça o que todos fariam: meta-o no bolso. Quem rouba a ladrão tem cem anos de perdão.

Estavam à mesa, sozinhos, tomando o magro café da noite.

— E você ainda não sabe de uma coisa — continuou ela depois duma pausa, como indecisa se contaria ou não.

— Que é?

— Disse-me hoje a Ligiazinha que você anda por aí de apelido às costas...

— Quê?

— João Trouxa! Ninguém diz mais Pereira...

— Basta! — exclamou num tom de desvario que assustou a mulher, e largando de chofre a xícara retirou-se para o quarto precipitadamente.

Dona Maricota, ressabiada, susteve a sua caneca a meio caminho da boca. E assim ficou, suspensa, até que tombou para trás, estarrecida.

Reboara no quarto um tiro — o tiro que matou o último homem honesto...

A DELICIOSA PERVERSIDADE DE MONTEIRO LOBATO

Por Sylvio Floreal[1]

Monteiro Lobato, o flamulário da ironia, é, em terra de Piratininga, uma afirmação esplêndida de rebeldia literária.

A sua personalidade literária, solidamente definida e organizada, desde o dia do seu aparecimento, despertou entusiasmo no ânimo de toda gente, fazendo com que fosse focalizado pela atenção das camadas cultas, de norte a sul do país. O seu temperamento de criador que observa, de fantasista que vê a vida em todas as suas amplitudes e modalidades, e de romântico que conhece as fraquezas lamechas do amor e as virulências descalabrantes das paixões, sempre se manteve integralizado dentro de sua personalidade,

---

[1] Sylvio Floreal, também conhecido como Domingos Alexandre, foi um jornalista e escritor brasileiro. Nas primeiras décadas do século XX, ele se destacou como um dos mais importantes cronistas da cidade de São Paulo. O livro "10 Melhores Crônicas - Sylvio Floreal", publicado pela Tacet Books, está disponível nos formatos físico e digital.

fiel o mais possível à sua visão e ao seu eu, livre e rebelde a toda e qualquer influência estrangeira.

Sempre desdenhou as escolas e menoscabou as atmosferas asfixiantes desses ambientes onde prolifera, assombrosamente, o cego e minúsculo elogio mútuo e imperam os cânones das artes e estéticas oficiais. O seu principal característico é a independência, assim como a sua grande tendência dentro da literatura é a de fazer arte pessoal e rebelde mas que diga alguma coisa e reflita o mais possível o meio, a terra e o homem.

Emancipou-se de tudo e de todos!

Conhece a língua portuguesa com proficiência, e escreve como bem lhe parece, contanto que traduza aquilo que quer dizer de modo o mais agradável, variado e interessante. Conhece a literatura francesa profundamente e não se deixou escravizar pelo que ela tem de medíocre e de sublime. Conhece a Grécia de Homero e de Venizelos, e confessa francamente que conseguiu matar a Grécia na sua arte. A salvo todas estas tutelas mentais, ele se pôs de tal modo, e com tanto talento, que o crítico mais ferrenho e coscuvilheiro não lhe apontará descalabros nem absurdos, por ter tomado uma atitude hostil contra todos esses padrões estéticos, de procedência duvidosa, que há muito desindividualizam a maioria dos escritores brasileiros.

Os bonifrates da crítica choca e os escritorescos, possuidores de muita formúncula gramatical e de nenhum temperamento artístico, clamam esturdiosamente que ele abusa do neologismo, do termo ambíguo e de expressões bárbaras, recém elaboradas no ventre da idiotice popular!

Tudo isso é verdade! Mesmo porque ele não escreve para iluminados, e o seu propósito único é escrever para o povo; por isso o seu vocabulário é chamejante, as suas expressões são contundentes, argutas, psicológicas, espirituosas, cáusticas, incisivas, mordazes, audaciosas, demolidoras!

Sendo a sua linguagem viva, agitada, colorida, consorciada numa perfeita afinidade com o seu temperamento, resultou um instrumento de expressão original e inconfundível que lhe facilita dizer tudo com elegância e bom gosto, sem tomar atitudes pernósticas e mirabolantes de quiosque embandeirado!

Todos os livros de Monteiro Lobato são caldeados sob a comburência vulcânica de uma certa linguagem aguda e verrumante, onde o leitor estaciona a cada passo para admirar a gama dos imprevistos, composta, ora com seu sarcasmo doloroso, ora com o seu humor variado, faceto e salutar, ora com a sua ironia deliciosamente perversa!

Autobiografia

Nasceu em Taubaté, aos 18 de abril de... 1884. Mamou até 87. Falou tarde, e ouviu pela primeira vez aos 5 anos um célebre ditado:

Cavalo pangaré
Mulher que... em pé
Gente de Taubaté
Dominus libera mé.

Concordou. Depois, teve caxumba aos 9 anos. Sarampo aos 10. Tosse comprida aos 11. Primeiras espinhas aos 15... Gostava de livros. Leu o "Carlos Magno e os doze pares de França", o "Robinson Crusoé" e todo o Júlio Verne.

Metido em colégios foi um aluno nem bom nem mau — apagado. Tomou bomba em exame de português, dada pelo Freire. Insistiu. Formou-se em Direito, com um "merecidíssimo" apenas no 5º ano. Foi promotor em Areias mas não promoveu coisa nenhuma. Não tinha jeito para a chicana e abandonou o anel de rubi (que nunca usou no dedo, aliás).

Fez-se fazendeiro. Gramou café a 4.200 a arroba e feijão a 4.000 o alqueire. Convenceu-se a tempo que isso de ser produtor é sinônimo de ser imbecil e mudou de classe. Passou ao paraíso dos intermediários. Fez-se negociante, matriculadíssimo. Começou editando a si próprio e acabou editando aos outros. Escreveu umas tantas lorotas que se vendem — Urupês, gênero de grande saída, Cidades Mortas, Ideias de Jeca (subprodutos), Problema Vital, Negrinha, Narizinho...
Pretende publicar ainda um romance sensacional que começa por um tiro:
— Pum! E o infame caiu redondamente morto...
Nesse romance introduzirá uma novidade de grande alcance, qual seja a de suprimir todos os pedaços que o leitor pula. Particularidades: não faz nem entende de versos, nem tentou o raid a Buenos Aires.
Físico: lindo![2]

---
2 Publicado originalmente em A Novela Semanal, 2 de maio de 1921.

Conheça a Tacet Books

Somos uma editora independente que pública obras interessantes e inéditas de autores clássicos - em seus idiomas originais - por preços acessíveis aos leitores brasileiros.

Nosso catálogo possui obras em inglês, espanhol e português, de grandes autores como Agatha Christie, James Joyce, Virginia Woolf, Júlia Lopes de Almeida, George Orwell, Horacio Quiroga, etc. Coletâneas inéditas como Feminist Fiction, Victorian Fairy Tales e seleções de contos de países como Cuba, España, Argentina, México, entre outros.

Seja para estudar um novo idioma ou ler clássicos em seus idiomas originais, nossos livros serão uma ótima adição à sua biblioteca.

Visite nosso website:

www.tacetbooks.com

Não é de hoje que a obra de Monteiro Lobato se encontra no centro de polêmicas e ameaças de censura.

Seu livro "História do Mundo Para Crianças" enfrentou críticas e perseguição da Igreja Católica, que o rotulou como apologia ao comunismo, chegando a queimar exemplares em fogueiras organizadas por freiras em escolas católicas.

O governo brasileiro também se opôs à obra, acusando-a de plantar sementes de dúvida sobre a legitimidade suas atividades entre as crianças. O governo português proibiu o livro, contrariado pelas interpretações sobre a história brasileira apresentadas por Lobato.

Este livro foi composto em Libre Baskerville e impresso no Brasil por UmLivro, para a Editora Tacet Books.

São Paulo-SP. Maio, 2024.

www.ingramcontent.com/pod-product-compliance
Lightning Source LLC
LaVergne TN
LVHW040106080526
838202LV00045B/3794